白蛇の結び目

文月詩織
FUZUKI Shiori

文芸社文庫

白蛇の結び目　もくじ

嘆きの時代　7
奇跡の花　11
神の子の降臨　28
夜を見つめる人　54
蛇を読む　79
春を待つ　97
花の嵐　125
呪いの子　147
花弁が散った　172
枯れ尾花　195
自らの尾を食らう蛇　219
幼い日々は遠く　242
神眠る棺　267
実りの時代　287

マガツ
神に育てられた青年。強い神通力を持ち、数々の奇跡を起こす。肩の蛙は眷属のカワムラ。

頂のしろへび
頂の湖に顕現した、白い蛇を象る神。マガツを育て、様々な加護を与えた。

クシナ
四大公家の一つ、ヤノオオス家の姫。蛇に取り憑かれ、少しずつ死に向かっていく。

ヤサカ（ヒサギ）
天帝の娘にして瑞兆たる白人。神秘を統括する者としてヤノオオス家の呪いと対峙する。

嘆きの時代

神聖なるフシの御山《みやま》、その頂にある巨大な湖に、赤子を抱えた女が姿を現した。

衣服は破れて泥に塗《まみ》れ、青あざだらけの擦り切れた肌に乱れた黒髪が張り付いている。赤子と共に胸に抱いた宝玉が、薄汚れた姿に不釣り合いな輝きを放っていた。

女は湖の淵に立つと、血を吐くような声で叫んだ。

「フシの頂、神出《いず》る湖に奉る！　我が怒りに応えたまえ！」

湖が、揺れた。

「申せ」

湖面の揺らぎは、老若男女、あらゆる声が無数に重なり合ったような音となって響いた。超常の声に女は怯み、しかし、すぐに意を決して声を張り上げた。

「私は騙され、弄ばれ、捨てられたのです。冷酷無比にして卑怯卑劣なあの男に！　しかし私は復讐の力を持ちませぬ！　神のお力を賜りたいのです！」

「そやつの死が望みか」

「いいえ、いいえ！　死など生温うございます。血族に病と短命を。家には没落を。領地には凶作と災厄を。そしてあの男には絶望と苦痛を！」

「そのためにお前は何を差し出すのか」

湖がせせら笑ったように思われた。

「私自身を。そして、あの男との間に生まれた、この赤子を！」

無意識のうちに、女は赤子を抱く手に力を籠めた。

「そなたの願い、叶えよう。依代《よりしろ》を湖に投げ入れよ」

「依代……？」

女は赤子と共に抱えていた宝玉に目を落とした。恋の亡骸。愚かさゆえに手放した誇り。それが手元に戻ってきたのは、あるいはこのためだったのかもしれない。

湖に投げ入れると、宝玉は呆気なく沈んだ。

「贄《にえ》の名を告げよ」

湖がまた揺れる。

「私はムバタマ！　子はマガツ！」

女は震える声を励まして、甲高く名乗りを上げた。

「贄を捧げよ」

ムバタマは眠る赤子を高く掲げた。幼い命を湖面に叩きつけようとした時、赤子は火が付いたように泣き出した。震え、迷ったその末に、赤子を強く抱きしめて、共に湖に身を投げる。

湖が荒れ狂い、水底から巨大な影が浮上する。ムバタマは見開いた目にそれを映して、思わず赤子を投げ出した。彼女は影に呑み込まれ、水中には赤子だけが残された。影はゆっくりと鎌首をもたげ、身を捩る赤子に目をやった。

それは巨大な白い蛇だった。真ん丸な赤い目と、額に輝く赤い玉に赤子の姿が映っている。二つに割れた舌をちょろりと出して赤子に触ると、体温に驚いたように引っ込めた。

やがて大蛇は赤子に舌を絡ませて、ゆっくりと水面に昇った。

赤子は貪るように空気を吸って、苛烈な鳴き声と共に水を吐き出した。大蛇は赤子を岸に下ろすと、迷うように首を揺らした。舌が落ち着きなくちろちろと動く。そうするうちに、湖から一人の女人が現れた。

美しい女だった。長い髪は白く輝き、白い睫毛《まつげ》の奥の目は深紅。胸元までをさらけ出した豊満な肉体を包むのはうっすらと鱗模様の浮かぶ軽やかな布地だった。半透明の服の奥に女の肢体は見えない。顔立ちはムバタマに瓜二つで、しかし絶対の自信と華やぎに満ちた表情はまるで似つかなかった。

女は泣き続ける赤子を慣れぬ手付きで、しかし優しく拾い上げると、薄い笑みを浮かべて呟いた。

「贄は確かに受け取ったぞ」

直後、破滅的な大揺れがフシの御山の麓を襲った。

巨大地震は無差別に死を撒き散らし、生活の全てを破壊し尽くして、民を絶望の底へ突き落とした。死者が発した疫病が広がり、天候不順による大凶作が重なり、禍《わざわい》の拡大は際限ない。

こうしてヤノオオス公爵領は十数年に亘る苦難の時へと突入した。

奇跡の花

フシの御山の山頂。

霧に包まれた湖の中心に、とぐろを巻いたような白い岩。上に築かれたるは、屋根のある廊下で数か所の東屋を結んだだけの簡素な造りながら、堂々たる風格を放つ湖上御殿。

その御殿を目撃した者は未だなく、しかしそこには人が住んでいた。

「マガツ様、マガツ様。どうかご勘弁を！　ビョウネンはもう限界にございます」

「なんだ、情けないぞ！　少しは私を手こずらせてみせよ！」

十歳になる人の子が、長い木の棒を片手にぴょこぴょこと跳ねる。

「大きうなられたなあ、マガツ様」

ぬるりとした肌に分厚い唇、丸い目をした不格好な男は、へこへこと頭を下げた。

マガツと呼ばれた子供は黒髪を乱して、不満げに木刀を振り回す。ビョウネンは身を縮めて頭を庇い、どたばた走ってマガツから距離をとった。

「あ、ガマメ！」

退屈を持て余した子供の目に留まったのは、異様なまでに艶やかな肌をした小太りの女だった。飛び出した大きな目で駆け寄って来るマガツを捉えると、大きな口から巨大な悲鳴が迸《ほとばし》る。

「やっつけてやるぞ！　あ！」

磨き抜かれた床板に足を取られて、マガツは転んだ。慌てふためいて駆け寄って来るビョウネンとガマメを見て、頬がかっと熱を持つ。擦りむいた膝の痛みが惨めだった。

「怪我をしたか、マガツ？」

妖艶な声が少年の耳を打った。涙の浮かぶ目で振り返れば、白い髪と白い肌の美女が、滑るような足取りで近付いてくる。

「母上……」

「これは、しろへび様……」

慌ててひれ伏すビョウネンとガマメに目もくれず、しろへびはマガツの前にかがんで、傷に手を添える。身にまとった半透明の衣服がかさかさと乾いた音を立てた。

「無闇に暴れるからじゃ。これに懲りたら、魚や蛙を虐めるでないぞ」

冷たい手から温かなものが流れ込む。傷はたちどころに塞がった。

「退屈なのです、母上……」

マガツは唇を尖らせて申し立てる。

「外に、出たいです」

「外？」

しろへびは形のいい眉をくっと寄せる。ビョウネンとガマメはハッとしたように身を竦めた。

「霧の向こうは広いのでございましょう？」

「うむ。だが、生きるに必要なものは全てここに揃っておろう」

マガツが外の世界に何を求めているのか、しろへびには理解できない。蛇は効率的で、無駄のない生物だ。水に食事、適度な気温。それだけあれば生きるに足りる。それ以外のものは害ですらある。

「母上……」

マガツは甘えるような声でしろへびを呼んだ。

これほどまでに求めるならば、あるいは人の生育に必要なものなのかもしれぬ。人と蛇とは違うのだからと、しろへびは己に言い聞かせた。

「よかろう。行ってくるがよい。……供を付けよう」

しろへびはすぐさま御山の生命の一つに白羽の矢を立てた。

「頂のしろへびの名において名と役を与えん。来たれ、カワムラ」

しろへびが掲げた手の中に現れたのは、まだ尾の名残の見える小さな蛙であった。

「お召しいただき光栄に存じます、しろへび様！」

畏まって言う子蛙を、しろへびはマガツの肩に乗せた。

「カワムラ、そなたの主、マガツである。これより先は誠意と愛情をもって仕えよ」

「畏まりました」

カワムラは可愛らしく答えて、輝く目でマガツを見上げた。

「よろしくお願いいたします、マガツ様」

「うむ、よろしく、カワムラ！」

世話係を召し上げたものの、しろへびの心配は解消されなかった。

「外は何かと危険が多い。これを身に着けてゆきなさい」

白い蛇皮の帷子《かたびら》と脚絆《きゃはん》、さらにしろへびが身に着けているのと同じ抜け殻の衣。大抵の衝撃はこの衣によって防がれるであろう。しろへびは遊びで乱れたマガツの髪を角髪《みずら》に整えて、湖底の貝殻で作った簪《かんざし》で留める。優しい手つきだった。

「不埒者に後れをとってはならぬ。蛇眼の加護を授けよう」

多くの生物は蛇眼に睨まれれば身を竦ませ、次の動きをためらうものだ。

「もしも傷を負ってはいけない。医薬の加護も授けよう」

生命力の象徴である蛇の権能は、触れた者の傷と病を癒す。

「よもや道に迷って飢えてはならぬ。豊穣の加護も授けよう」

豊穣神としての側面は一個の生命に対しては飢えからの庇護をもたらすであろう。

「……ああ、心配じゃ。もしそなたに何かあったら、わらわは……！　よい、わらわの持ちうる加護を全て授けよう。さらには湖の生物を皆召し抱え、宝刀ムラクモを
――」

「母上、もう行ってもよいでしょうか」

「待て。不安が残る。やはり明日以降にせぬか」

「今日がよいのです！」

「……仕方があるまい。よいか、決して山から出てはならぬぞ」

しろへびは不満げに溜息を吐いた。マガツはさっそく湖に浮かぶ蓮の葉に乗って、外の世界へと漕ぎ出した。

「行って参ります、母上！」

しろへびの心配そうな表情が、たちまち霧の向こうに消えた。しろへびとは対照的に、マガツは不安を感じていなかった。自分の身に害が及ぶ可能性など、想像だにしていない。

「カワムラは外から参ったのだな？　どんな場所なのだ？」

マガツは肩の子蛙に問いかけた。

「温かな泥と美味なる藻や苔に満ちた、素晴らしい場所にございます。時折水面に落ちる虫の姿などが風流で……」

「そなた、それは水の中のことなのでは」

「お、お許しください、マガツ様。カワムラはまだ水の外のことはよく知らぬのでございます。えらが取れたばかりにて」

「そうか。では、私もそなたも初めての外ということか。楽しみであるな！」

楽しげに笑っていたマガツが、ふと表情を引き締め、姿勢を正す。霧の中に、赤い光が三つ、鈍く輝いていた。とぐろ岩の先端にある三つの石、しろへびの依代の放つ光だった。マガツとカワムラはその光に叩頭《こうとう》した。

再び顔を上げた時、霧はすっかり晴れていて、行く手に岸が見えていた。咲き誇るとりどりの花々が、マガツを手招いているように見えた。


一歩目は、ぬるりとした土に埋もれた。

二歩目で草を踏んだ。

三歩目にして駆け出した。
むせかえるような安らぎの香りが草の匂いだということを、マガツはまだ知らない。
湖岸の祠《ほこら》に向けて石で組まれた階段の上に立つと、はるか眼下に世界が広がってい
た。動物、植物、肌に触れる風の温度、土の匂い、梢の音……。全てが真新しい輝き
に満ちていた。興奮に身を震わせて、マガツは石段を降り始めた。
標高が下がるにつれて背の高い木が現れるようになり、ついには頭上に伸びる枝が
日光を遮るまでになる。
もの珍しげに頭上を見上げて歩いていると、カワムラが肩の上から警戒を促した。
石組みの階段が、削り取られたように途切れていた。
「なんと、危うい……ん？」
マガツは下を覗いて眉根を寄せた。
崩れた土砂と参道の残骸が積もり、幼い草の苗床として時を刻んでいた。その上に、
人間の少女が横たわっている。マガツは迷いなく飛び降りた。カワムラは衝撃に備え
て肩にしがみついたが、着地は思いのほかに柔らかだった。
「おい、そなた、何故こんなところで眠っておるのだ？」
マガツは少女に声をかける。反応はなかった。少女の体は歪《いびつ》に捻れ、破れた皮膚か
ら流れた血が周囲の花を不穏な赤に染めていた。

少女が目を覚まさないと見るや、マガツは閉ざされた少女の瞼に手を乗せた。癒しの力が流れ込む。カワムラは大きな目を瞬かせた。

出がけに与えられたばかりの医薬の加護をすでに扱えるというのか。主は神に愛でられているばかりでなく、天に類する才能までも具《そな》えているに違いない。

突然、少女が目を開いた。カワムラは慌てて身を伏せる。ぱっちりとした黒い目が何度か眠たげに瞬いたあと、マガツを映した。

「だ、誰……？」

怯えたように名を問う。少女の無礼な態度に、カワムラは不快感を覚えた。だが主は気にも留めなかった。

「私はマガツという。そう言うそなたは何者なのだ？」

人好きのする笑顔を向けられた少女は、幾分か警戒を解いたらしかった。

「私は……クシナ、です」

「うむ、そうか！　よろしく、クシナ！」

マガツは元気よく頷いた。

「ところでそなた、何故ここで寝ておったのだ？」

「そうだ、私、参道から落ちて……」

クシナは視線を上に向けて、眉を寄せた。

「あんなところから落ちたのに、怪我をしないなんて。私、思ったより丈夫なのだわ」

「不思議がることはない。私もあの場所から跳んだが、これと言って何もないぞ」

マガツは機嫌よく言って、自身の無傷を示してみせた。

「して、そなたは何者だ？　母上が新たに召し上げた遊び相手か？　元は何なのだ？魚か、貝か？」

「え？」

クシナは顔いっぱいに怪訝を表してマガツを見つめた。

「わかったぞ、そなたさては、鯉であるな？　思えばそこはかとなく面立ちが似ておる」

「似ている……鯉に、面立ちが？」

呆然としたクシナの顔が、次第に赤みを帯び、膨れてゆく。

「なんて失礼な方なの？」

「む、違うのか？　鯉でないなら、そなたは何だと言うのだ？　緋鮒《ひぶな》か？」

「マガツ様、こやつは人間です」

見ていられなくなったカワムラが小声で囁くと、マガツは目を丸くした。

「なんと！　そなた、人間なのか！」

「それ以外の何に見えると言うのです？　無礼な！」

「う、うむ、すまない……」

マガツはしゅんと項垂《うなだ》れた。たび重なる無礼にカワムラは憤り、抗議の声を上げた。

しかしクシナに蛙の言葉はわからない。カワムラの姿を見るなり悲鳴を上げた。

「きゃあ、蛙！　か、肩に蛙が付いていますよ！」

「ああ、カワムラだ。まだ幼いが、これでなかなか忠義に厚いようでな。無礼な言葉もあったやもしれぬが、許すがよい」

カワムラの言葉を理解するマガツは誠実に謝罪したが、クシナはますます不審を深くする。

「マガツ様、マガツ様」

カワムラはマガツの耳元で小さく鳴いた。

「御殿に戻りましょう。人と鉢合わせるなど、恐ろしゅうございます」

「何が恐ろしいのか？」

カワムラは口籠る。一方、自意識過剰な人間はマガツが自分に声をかけたと思ったらしい。

「恐ろしくなど、ありません。ただ気持ちが悪いだけです」

「うん？　気持ち悪い？　カワムラが？　それは酷いではないか。何故そのようなことを言うのだ」

「そ、それは……だって、皆気持ち悪いって……」

クシナはもごもごと何事かを呟き、ちらちらとカワムラを見やって、肩を落とした。

「あ、あなた、不思議な人ね」

「私にしてみればそなたこそ怪異よ。この山でそなたのような者を見かけるのは珍しいようだぞ。何故ここにおるのだ？」

マガツが問えば、クシナは少し間を置いてから、渋々といった調子で答を口にした。

「山頂の湖に、願い事をしに来たの」

「願い事？」

「ええ。御山の頂の湖に願い事をすると叶うのですって」

「ふむ？　聞かぬ話だなあ」

「そうなの？」

クシナの声はあまりにも悲しげだった。マガツは慌てて言葉を紡ぐ。

「いや、そういうこともあるかもしれぬ。して、どのような願いを叶えたいのか？」

「私の家族には早くに亡くなる人が多くて……。今も妹が病で……だから――」

「そうか、つまり、そなたは妹を助けたいのだな？」

「え？」

「うむ、よくわかった！　なるほど、そういうことであれば叶えてくださるに違いない。参ろうではないか」

「なりませぬ、マガツ様！」

少女に伸ばされたマガツの手にカワムラが跳び乗って、叫んだ。

「人間を神聖な湖に招き入れるなど……！」

「もともとは道があり、人の往来があったのだろう？　ならば何の不都合もあるまい」

カワムラはぐうと喉を鳴らして黙り込み、すごすごとマガツの肩に戻った。マガツが再び手を差し伸べると、クシナはおずおずとその手を取った。


雲を踏むような心地だった。

遥かな昔から人々の信仰を集めてきたフシの御山。その山頂には神秘の力を湛える湖があって、願いを叶えてくれるという。

途切れた参道の下、人の世と聖域との境目、夢と現の狭間で出会った少年。

見たこともない服を着て、長い黒髪は古代の貴族のように結われている。整った顔や堂々とした立ち居振る舞いは高貴な人のそれに思えるけれど、それにしては構えたところがない。何もかもがちぐはぐだ。

そんな少年に案内されて辿り着いた山頂には、花が咲き乱れていた。彩に埋もれた参道の行き着く先に、祠が建っている。

「この祠にお願いすればいいのかしら……？」

フシの御山の頂の湖。その信仰を形にした祠は半ば朽ちていた。木材が毛羽立ち、腐り、虫に食い荒らされている。心に生まれた不信心を追い払い、祠に一礼したところで、クシナははたと気が付いた。

崩れかけの祠には、誰が置いていったか、大きな酒瓶と幼児用の玩具が供えられていた。

「どうしよう……お供え物、用意してない……」

呻くように呟くと、マガツは首を傾げた。

「それはどうしても必要なものなのか？」

「あったほうがいいんじゃないかしら？」

マガツは少し考えたあと、足元に咲いていた花を一本、手折った。

「これでよいのではないか？」

「ええ？　でも……」

クシナはためらった。すぐ近くに咲いている花を供えるなんて、いかにも手を抜いているように思われた。

「こういう時に大切なのは気持ちであろう」

マガツの言葉に背を押されて、クシナは花を摘む。この花に願いが宿ることを信じて、丁寧に。

先にあった供え物の隣に花を置き、目を閉じ手を合わせ、静かに願う。どれくらいこうしていればよいのだろう。

そろそろいいかと目を開けて振り返れば、マガツが興味深げにこちらを見つめていた。

「妹は治りそうか？」

「……どうかな」

曖昧に答えると、マガツは自分が摘んだ花をクシナに差し出した。

「そなたの妹に」

手に取ってみると、不思議なことに、花は仄《ほの》かな温もりを宿していた。

「あ、ありがとう……」

「何も起きぬなあ」

凪いだ湖を見渡して、マガツは焦れたように呟いた。

「そういうものなのかもしれないわ」

「そうかなあ……。よし、直接お願いに参ろう！」

「え？」

マガツは迷いのない足取りで、湖へと踏み込んでゆく。静かな山頂に水音が響いた。蛙がけたたましく鳴いた。

「ほら、こちらだ」

マガツがクシナを呼んだ。クシナは首を左右に振った。

「だ、駄目よ。着物が濡れてしまうわ」

「そんなもの、乾かせばよかろう」

マガツがクシナの手を摑んで引っ張った。踝《くるぶし》までが水に浸かる。湖は肌を刺すように冷たかった。クシナは拒絶の悲鳴を上げた。

「嫌！　怖い！」

「何をしているのだ！」

マガツがクシナの手を離すのと、荒々しい声が割り込むのとがほぼ同時だった。

駆け付けたのはクシナの父の家人たちだった。三人の男が、手に手に刀をかざしてクシナとマガツを引き離す。蹴られたマガツが湖に倒れ込み、派手な水飛沫を上げた。

「マガッ！」

慌ててマガツに駆け寄ろうとしたクシナを、家人の一人が押し留めた。マガツは湖に半身を沈めて痛みに体を丸めていた。肩の蛙が叫び声を上げる。

「貴様が姫様をかどわかしたのか！」

「姫君、怪我はございませんか？」

マガツを威嚇する家人と、クシナの無事を確かめようとする家人と、怒り狂った蛙の声が湖面を渡る。

唐突に、全ての音がやんだ。

示し合わせたわけではなく、何を感じ取ったでもない。それでも全ての生命が息を潜め、不可解な予兆に耳を澄ませる。

湖が揺れた。巨大な波がクシナたちを襲い、水の流れに巻き取って、水底に引きずり込もうとする。

木の枝を摑んで流れに抗う家人に抱えられて、クシナはマガツを見つめていた。彼の周囲では、湖は穏やかなままだった。現実離れした存在感を放つ銀髪の女がマガツの傍らにしゃがみ込んで、乱れた髪を整えていた。女が視線をクシナに向ける。血の色をした目には、紛れもない憎しみが滾《たぎ》っていた。

水はますます勢いを増し、クシナと家人を呑み込んだ。

気が付けばクシナは三人の家人と共に、湖のほとりに座り込んでいた。先ほどまでのことが夢だったかのように、衣服は乾いていて、荒れ狂う水の痕跡はない。マガツも銀髪の女性も見当たらない。ただ温もりを宿す花が一輪、手の中に残っていた。

「去《い》ね！」

戸惑うクシナたちの耳に、雷鳴の如き女性の声が落ちる。

「我が怒りの届かぬうちに、どこへなりと逃げ散るがよい！」

家人たちは弾かれたように立ち上がり、クシナを抱え上げ、一目散に下山する。

「マガツ……」

クシナの声に応える者はなかった。

崩れかけの祠には、酒瓶が一本と玩具が一つ、残されていた。

神の子の降臨

ヤノオオス公爵領に聳えるフシの御山は古くから霊山として崇められ、山頂の湖より神が生まれると信じられてきた。しかし時代と共に人々の信仰は移ろう。さらには十七年前の震災で参道が崩れ、飢饉と災害が重なり、忘れられた神に詣でるための道を開こうと言いだす者もなく、頂の湖は訪れる人もない廃れた神域となった。

だが信仰は蘇る。ヤノオオス家の姫君が死の床に伏した幼い妹を儚んで頂の湖に祈りを捧げ、賜った一輪の花を妹に渡すと、たちどころに病が癒えたのである。人々はこの奇跡に驚き、頂の湖を崇めるべしと訴えかけた。その声を受けたヤノオオス公の命により、参道の再建が始まった。

終わらぬ災厄の中、幾多の困難を乗り越え、着工から実に七年を経て参道は再び山頂に通じた。

崩れた祠は建て替えられ、完成日には大規模な祭りが催された。瑞兆《ずいちょう》の姫が神酒と米とを捧げると、湖にさざめきが広がった。

以来、多くの人間が時間を見つけては御山に登り、祠を拝んでいた。

若者もまた、その一人であった。

重たい米俵を担いで参道を登り、建て替えられた祠に供えて熱心に祈る。

「フシの頂、神出る湖に奉る。私はイナノの里に田を預かりしハホホネの三男、ウルシネにございます。どうか我が願いをお聞き届けください。豊かな実りと、家族の健康を、何卒、どうか……」

湖に住まう神、頂のしろへびが豊穣の祈りを聞き届けることはない。

受け取る者のない祈りを捧げ、朽ちるばかりの米俵を残して若者が山を下りると、物陰から青年が一人、現れた。もの寂しげに参道を見つめ、立ち尽くす。

マガツは今年で十七歳。まだ幼さの残るなりに、精悍な青年に成長していた。

「マガツ様、マガツ様。声をかけてはなりませぬぞ」

肩で蛙が鳴いた。

「わかっておる。母上との約束だものな」

不貞腐れたように言って、マガツは供えられた米俵に歩み寄る。

「また持って帰るのでございますかあ？」

カワムラが嫌そうな声で鳴いた。

「母上への供え物なのだろう？」

「しろへび様は召し上がらないと思いますぞ」

「美味いのになあ。何故だろう？」

米俵を軽々抱え、湖上を歩いて蓮の葉に乗る。遠ざかる岸に、マガツは切なげな視線を送っていた。

その様子を見守っていたしろへびは、密やかに溜息を吐いた。

人には見通せぬ霧の奥、湖上御殿最奥の東屋に、頂のしろへびは座している。

一切身動《みじろ》ぎせずしても聖域の様子は全て知ることができた。空気の振動、温度の匂配、風の匂い。それらがしろへびに御山での出来事をつぶさに伝える。

参道が再建されて以降、神域に踏み入る人の数は増えた。

その気配を感じるたびに、マガツは落ち着きを失くして霧の向こうを見つめていた。

見かねたしろへびが聖域内へ出かけることを許可したのは何年前だったか。人との接触は禁じた。だが、間近で人の姿を見、声を聴き、さらには供え物を口にすることで、いよいよ人の世への興味は膨れ上がり、抑えがたくなっているようだった。

人の子は人との交わりを望むものか。

「限界かもしれぬな」

東屋を飾る小さな花が、しろへびの呟きに揺れる。

「母上、また供え物ですよ」

折しも湖上御殿に戻ったマガツが、しろへびの東屋を訪れた。

「要らぬ」

しろへびはいつものとおりに応えた。

「では、私が夕餉にいただきましょう。……ガマメ！」

すぐさまガマメが駆け付けて、マガツから米俵を受け取った。

「これはまた、人間臭いものでございますね」

「美味いのに。一度食してみよ」

「霞でよいではございませぬか」

「味がないのだもの」

しろへびには消化できない豊穣の祈りを、マガツはいつも美味そうに食した。

「マガツや」

声をかけると、マガツは振り返る。

「何にございましょう、母上」

しろへびは立ち上がるとマガツと向かい合った。逡巡ののち、問いかける。

「人里に出たいか」

空気が凍り付いた。ガマメとカワムラは必死に状況を読み、次の行動を選び取ろうとしている。マガツの内側で抑え込まれていた感情が一気に膨れ上がり、空気を揺らした。

「……はい」

感情の量に対して、短く静かな返事だった。そうか、としろへびは呟いた。

ガマメはそそくさとその場を離れ、カワムラは決然とマガツの肩にしがみついた。

「しろへび様、どうかお許しを！　マガツ様は――」

「行ってくるがよい」

しろへびの言葉をマガツが呑み込むまで、数秒の時を要した。

「しろへび様、しばしお待ちを！　人里など――」

「よいのですか、母上」

何事かを言い募るカワムラを遮って、マガツは感無量に呟いた。

「そなたはもはや子供ではない。好きなところに行き、好きな者と交わり、好きなものを見て参れ」

カワムラはもとより飛び出した目をさらに大きくして、しろへびの顔を凝視した。

しろへびはするりと歩み寄ると、冷たい手でマガツの頬に触れた。

「だが必ずここに戻ってくるのだ。いつでも構わぬ、頻度は問わぬ。元気な顔を見せ、見聞きしたことをわらわに聞かせよ。それが約束できぬなら、今の話はなかったこととする」

「母上……もちろん、お約束します！」

マガツは大きく頷いた。

「見てみたいと思っておったものが多くあるのです。ああ、気が急くなあ」

「待て、すぐに行こうというのか？　慌てずとも、外の世界は逃げはせぬ。諸々整えてから、明日にでも……」

すぐに飛び出して行ってしまいそうなマガツの様子に、しろへびはたちまち腰砕けになった。

「会えなくなるわけではないにせよ、私とて名残惜しいのです。母上、夕餉をご一緒していただけますか？　人から供えられた米を使うように申し付けてしまいましたが……」

「……かまわぬ」

「では、母上の分もご用意するよう言い付けて参ります」

元気に言って、マガツは湖上御殿を駆けてゆく。カワムラはマガツの肩から下りて、その場に留まった。

「しろへび様、何故にマガツ様を手放されるのですか？」

けろけろと、カワムラはしろへびに問うた。

「……わらわは蛇ゆえわからぬし、そなたは蛙ゆえにわからぬであろうが、子はいずれ、親から離れねばならぬのだそうな」

マガツが何を抱えているのか、本質的には理解できない。確かなことは、マガツが欲するものはここにないという事実だった。しろへびや眷属《けんぞく》がいかにマガツを愛そうとも、何かが決定的に足りていないのだ。

蛇は子育てをしないから。

「マガツは人の子じゃ。どうあっても人の営みは気になるものであろうし、それがこうも間近になってしまっては、もはや好奇心は収まるまい。それに、わらわ亡きあとに生きる術を同族から学ばねばならぬのも道理であろう」

「しろへび様の、亡きあと？」

「ああ……わらわとて、永遠ではないのだからな……」

寂しそうな呟きだった。かける言葉を見つけられぬまま、カワムラはその場に佇んでいた。しろへびの視線は、遠い人の世を虚ろに見つめていた。

ガマメの張り切りによって、夕餉はいつになく豪華なものとなった。召し上げられた緋鮒はひらひら踊り、蛙たちは朗々と歌い、鯰がしこで湖を揺らす。マガツは大いに食って笑い、しろへびは神酒を傾けて頬に仄かな朱を浮かべ、こっそりと微笑を零した。

この日の宴はもっとも佳き記憶として、マガツの中に残り続けるのである。

＊＊＊＊＊

朝。

立ち込めた霧の向こうに浮かぶ湖上御殿に一礼を残して、マガツは旅立った。

参道を辿って麓に降り、巨大な鳥居を潜ると、空気が変わった。冷たく清らかな山の空気は霧散して、風が青い匂いを孕んだ。

「お、おお……」

マガツは圧倒されて足踏みをした。

長く大きな道は石で舗装されていた。その道を中心軸に、細い土の道が規則的に走っている。一歩道を外れれば、薄茶の実を付けた植物がずらりと並ぶ泥沼が広がっていた。

「な、何故同じ植物がこんなにも群れておるのだ？　ほかの植物はどこに？」

「マガツ様、これは田んぼでございます。米はこのように作られるのです」

肩のカワムラがうずうず鳴いた。カワムラの仲間たちが好む住まいは田んぼである。

カワムラは山の生まれゆえに田んぼの記憶はないが、その姿は本能に訴えかけるものがあった。

「この黄色いのが、米だと？」

「脱穀と申しまして、外側の殻を剝くと、あの白き米が現れるのでございますよ」

ほう、と呟いて、マガツは道の傍にしゃがみ込み、田んぼを覗いた。

「見ろ、カワムラ。この水路を使って川から水を引き込んでいるようだ」

「水源は頂の湖にございます。水の清らかさも頷けますでしょう」

マガツは感嘆の声を上げて、視線をきょろきょろと動かす。

「ははあ、この板を上げ下げして水を入れたり入れなかったりするのだ。ふむ？　どうして水が入っている田んぼと、そうでない田んぼがあるのだ？」

「さて、人間の考えることはわかりませんねえ」

水を張っていなければ蛙が卵を産めないではないか。人間の身勝手にカワムラは憤慨する。

「あれは何をしているのだろう？」

マガツが指さした先では、木で組んだ竿があって、稲が干されていた。

「はて、死した稲を吊るし上げておるようですが……」

マガツはひょいと田んぼに降りて、何の気なしに稲穂に触れる。思いのほかに、軽い。指で潰せば、カサカサと音を立てて砕けた。

「……空《から》だ」

マガツは稲を掻き分け田んぼを突っ切り、干された稲に手を触れた。

「なんと、ほとんどが空ではないか。俵一つ分の米など、ここから採れるのだろうか？」

「ほとんどが空だから間引いたのかもしれませぬ。人は平然と命を選別する、恐ろしい生き物でございますゆえ」

「な、なんと……。では、この稲たちは実りの少ないことを責められて、日炙りの憂き目に遭っておるのか？」

「ほかの稲への見せしめにございましょう！」

「なんと、邪悪な……！」

マガツとカワムラが揃って身を震わせた、その時だった。

「くおらぁあ！　何やってやがる、てめえ！」

怒りに満ちた声が叩き付けられた。あっという間に集まった人々に、マガツとカワムラは取り囲まれた。

イナノの里に実りは訪れない。

若かりし日のハホホネが過ごしたこの地は、秋になれば黄金に実った稲が視界一面に広がる豊かな土地であった。フシの御山より湧き出でる清浄な水と肥沃な大地が、イナノの実りを約束していた。

だが、かの大地震以後、この地の実りは失われた。

干ばつ、飢饉、虫に病。さまざまな凶事に見舞われた。真に恐ろしかったのは、これといって不作になる要因のなかった年もやはり不作であったことだった。水が悪いか、土が悪いか。原因を探って解決を図ろうという意思を掻き乱すように凶事が散発した。次第に諦念が人々を覆い、イナノを去る人も増えてきた。

ハホホネもそうすればよかったのかもしれない。だが、どうしてもイナノを離れることができなかった。ハホホネはイナノを愛していた。

「父様《とと》、少しよろしいですか？」

ウルシネに声をかけられて、ハホホネは草履を編む手を止めた。

「どうした？」

「田を荒らした者を捕らえたのですが、どうも高貴な方のようで、どうしたらよいのか。お知恵をお貸しください」

ハホホネは息を吐いて杖に手を伸ばした。ウルシネに手伝わせて立ち上がる。事故で負った古傷は、時と共に体を深く蝕んでいく。

「どちらのお方かはわかっているのか？」

「それが、どうにも様子が……」

　ウルシネは困惑しているようだった。ハホホネは溜息を零す。実りのない田からでも、お上は米を持ち去ってゆく。それだけに飽き足らず、ふざけ半分で田を荒らすか。泡を立てる怒りを懸命に抑える。身分のある人と争っても禍にしかならない。年長者として穏便に場を収めねば。

　ウルシネに案内されて収穫を終えた田に辿り着くと、農夫たちが青年を取り囲んで小突き回していた。ハホホネの姿を認めると、怒りを振り撒きながらも場所を開ける。それなりに乱暴な扱いを受けたであろう青年は、傷どころか汚れの一つもないままに、静かな視線をハホホネに向けた。

「このお方か」

　問いかけると、ウルシネは困り顔で頷いた。

　青年の外見だけで、ウルシネの困惑の理由を悟る。なるほど、いかにも高貴な身目をしていたが、身に着けているものの全てが奇妙だった。衣も簪も、見知らぬ素材でできている。それでいて一見して高価とわかる見事なつくりで、それを違和感なく着こなす青年は只者とは思われなかった。

「言っておくが、私は日炙りになどならぬぞ。母上は太陽にも権能をお持ちゆえ、日が私を害することはない」

青年は堂々たる座り姿で、ハホホネに向けて珍妙な言葉を放った。

「あんた、名前はなんと言いなさるんで？」

「マガツである」

「貴きお方とお見受けするが、どちらから来なさったんかね？」

ハホホネは溜息を抑えて問いかけた。

「頂の湖からだ」

その答に、農夫たちはざわめいた。

頂の湖は人々の信仰を集める神域であり、時に神が降りる場所とされている。この青年はそこから来たという。折しも寸断されていた参道が再び山頂に通じ、祠が修復され、瑞兆の姫を招いて豊穣を願う祭りを開催したばかりのこの時に。

さてはこの青年、神秘を騙《かた》り人々を惑わそうとしているな。

超常の存在を頭から否定するわけではない。御山の頂で行われた祭りにはハホホネも参加したし、祠に供える米も融通する。神を祖に持つことを御座の由とする天帝の正当性に疑いを持つことはないし、高い霊力を持つ瑞兆の姫には神秘を感じる。

だが、神秘を騙って人に害為す者のほうが世の中には多いのだ。

どこからか流れてきた者が人の未来を見通すと嘯《うそぶ》き、信じた者から米や金を巻き上げて、気が付けば去っている。そんな事件が幾度となく繰り返されてきた。震災後に続く凶作が不安を煽る社会にあって、二度三度と騙される者すら珍しくない。

そのような企みを持っているのであれば、奇妙な恰好をしていることにも説明がつく。ハホホネは肩を竦めて一歩踏み出した。

「そうすると、あなたは湖の神だと言うんですかい？」

「な、何と畏れ多いことを……！　湖の神は頂のしろへびだ。私はその子にすぎぬ」

「はあ。して、湖の神の御子とやら、何をしにいらした？　我らの救済ですかい？」

「何をしに来たということもない。麓とはどのようなところかを見に参っただけだ」

「つまり、物見遊山ですかい」

「父様、そこまで仰らなくても」

ウルシネが慌てたように窘める。

「下がっていなさい。なんとも胡散臭いお方だ。我々を馬鹿にするのも、大概にしていただきたい！」

「な、何をそんなに怒っておるのだ？」

本気で困惑している様子で、青年は問うた。

「は？」

「そなたらの怒りの原因が、私にはわからぬのだ。どうか教えてはくれまいか」

ハホホネは顎髭を撫でる。貴族の傲慢、詐欺師の狂言。どちらとも見えない誠実さが、マガツの表情に浮かび上がっていた。

「見な」

ハホホネが指さした先に、マガツは素直に視線を向けた。まばらに実った田に、マガツが稲を踏んで通った跡がくっきり残されていた。

「あんたは田んぼを踏み荒らした。一年間丹精込めて育てた稲が、何も知らねえ奴に踏み荒らされちまった。倒れて泥塗れになっちまって……」

稲の痛々しい姿を見て込み上げてきた怒りを、ハホホネは何とか抑え込んだ。マガツはそっと立ち上がり、倒れた稲の傍にしゃがみ込む。生気のない稲を手で包むと、悲しげに顔を歪めた。

「そうか……それは、申し訳なかった」

「知らなかったなら仕方ねえ。次からは気を付けな。幸か不幸か、どうせどれも空っぽだ」

慰めを口にして覗き込んだ若者の手の中、ぐったりとした籾を見て、ハホホネは眉を寄せた。籾は大きく膨らんでいた。これほど状態のよいものは、ここ数年滅多に見られない。よりにもよって、そんな株を踏んでしまったか。一度は収めかけた怒りの再燃を感じて、ハホホネは深い息を吐き出した。

「と、父様？」

ウルシネが周囲を見渡して、驚きの声を上げる。ハホホネは視線を巡らせて、息を呑んだ。

空に向けて立っていた空の籾に重みが宿り、膨らみを増す。生育の悪い稲が見る間に太くなり、立ち上がり、黄金の実を結ぶ。

「なんだ、こりゃ……」

それは遠い昔に見た、一面の黄金。思わず一歩を踏み出して、ハホホネは驚愕する。杖が土の上に倒れた。一生付き合わねばならなかったはずの古傷が、嘘のように消えていた。

ウルシネがぽつりと、呟いた。

「奇跡だ……」

艶やかに肥えた稲穂は、マガツに礼を尽くすかのように、重い頭《こうべ》を深々と垂れていた。

＊＊＊＊＊

フシの山頂より降り来た神の子が豊穣をもたらしたという噂は瞬く間に人々の間に広がった。長年続く凶作の中、救いを求める者たちの信仰心には強すぎる刺激だっただろう。翌朝には、マガツが宿を取ったハホホネの家の前に人だかりができていた。

使えなくなった道具を修理してほしいだとか、逃げた家畜や失せ物を探しだしてほしいだとか、近隣の農民たちの他愛のない頼みごとが持ち込まれた。マガツが触れれば古びた道具はたちまち新品の輝きを宿した。家畜も失せ物も、言われたとおりに探せばすぐに見つかった。

二日目には人だかりがさらに膨らんだ。近隣の村々からも人が訪れ、小さな怪我や体調不良の相談が持ち込まれた。マガツが手を当てれば、瞬く間に不調は解消された。

三日目、四日目と人の数が増えていった。

五日目には重い傷や病を抱えた者が訪れるようになった。

ある者は長く引き攣っていた古傷が癒え、何年かぶりに自らの足で走った。

ある者は光を手に入れ、生まれて初めてその目に見る外の世界に咽び泣いた。

ある者は死出の旅より引き戻されて、しばしの自失ののち、家族友人と抱き合った。

救われた者、その縁者、目撃者。マガツを崇める者は増えてゆき、七日が経過する頃には一つの勢力と呼んでよい規模に膨れ上がっていた。

持ち込まれる相談事に深刻なものが増え、あまり関わり合いになりたくない類のものも紛れ込むようになった。


「マガツ様……。やはり、帰りませぬか？」

「ならぬ。娘を連れて戻らねば」

ウルシネの懇願に近い提案を、マガツはあっさりと突っぱねた。

イナノの里から西へ歩くことおよそ一時間。ヤノオオス領の中心、東の都オキノイシ。その市街は人で溢れていた。気風のいい客寄せの声、ともすれば乱暴とも思える値切り交渉、親とはぐれた子供の声に、若者たちの笑い声。

賑やかな表通りにひょいと口を開けた細い路地から裏へと入ると、音は急激に遠ざかる。一歩進むごとに街並みは怪しい気配を増し、淫靡《いんび》な雰囲気を漂わせる。

その最奥にある、ひときわ大きく怪しげな店に、マガツはウルシネと蛙を供として訪れた。賭け事でこさえた借金のカタに娘を奪われてしまった牛飼いに請われてのことである。

マガツの名を告げると、すぐに奥へと通された。その部屋は怪しげな香りのする煙で満ちていた。ウルシネと両親、そして今はマガツの四人が住んでいる茅葺の家がすっぽり入ってしまうほど広い部屋。だが、異国情緒溢れる大きな机に寝椅子、絢爛すぎる調度品、目の回るような装飾を施された深紅の絨毯が空間を圧迫して、狭苦しく感じられた。隆々とした大男がこちらを威圧するように立っているのも、狭く感じる要因であろうか。二十歳になったばかりの貧農にはなじめない場所だった。座り慣れない椅子の上で、ウルシネはもぞもぞと体を動かした。

「マ、マガツ様……。やはり、マガツ様がこのようなことをする必要はないのでは……」

「何を言うか」

マガツの声は頑なだった。

「あの男は、このような場所で身の丈に合わない金を担保に道楽し、破綻を来して娘を連れ去られたのですよ？　マガツ様が手を差し伸べるべき相手とは思えませぬ」

マガツが何かを言いかけた時、筋骨逞しい男が動いた。開いた通路から、女が入って来た。顔はおしろいで塗り固められ、瞼と頬と唇は紅で彩られている。崩した着物は艶のある黒と毒々しい赤。結い上げた頭をぐるりと一周する無数の簪が、動きに合わせてしゃらしゃらと音を立てた。

女は優雅に部屋を横切り、丸机を挟んでマガツの正面にある寝椅子にゆったりと腰掛けた。毒々しいまでに赤い唇を笑みの形に変化させる。

「私がこの一帯を取り仕切っております、マンジュシャゲと申します。どうぞ、お見知りおきを」

甘く柔らかく毒のある声が耳の穴から入り込み、産毛をくすぐり、感覚を掻き回す。

「お、女……？」

思わず呟くと、マンジュシャゲの冷やかな視線がウルシネを射抜いた。

「そうさ、女さ。人の半分は女だもの。そう珍しくもないだろう？　それとも女を見たのは初めてかい？」

「い、いえ……」

ウルシネは気圧されて視線を下ろす。からかうように妖艶に、マンジュシャゲは笑った。

「マンジュシャゲ殿、私は頂のしろへびの子、マガツと申す」

「存じておりますとも。頂の湖に降臨された神の御子だとか。それで、どういったご用でこちらに？　神の御子にも慰めがご入用で？」

ねっとりと、媚びるように、マンジュシャゲはマガツを見つめた。

「二日ほど前であろうか。牛飼いの娘がここに連れてこられたと聞いておる。その娘を返していただきたい」

マガツは平淡な態度で要求を告げる。

「それは、お身請けということでよろしゅうございますか？」

「お身請け？」

マガツは首を傾げる。

「その娘の所有権をお客様にお売りする、ということでございますよ」

「所有権……よくわからぬが、それは違う気がする。私はただ、娘を解放してほしいと申しておるのだ」

「ふざけんじゃないよ！」

マンジュシャゲが豹変して手を振り下ろす。丸机がこもった音を立てた。目を丸くするマガツの肩で、蛙が頬を膨らませた。

「なぁんであたしが、アンタに、大事な商品を、タダで、くれてやらなきゃならないんだい！　図々しいにもほどがある！」

「商品などと言うのはいかがなものか。人の身に値をつけて売買するのは看過しかねる」

「ああ、そうさね。たしかに人身売買はご法度だよ。だったら検非違使《けびいし》を連れてくるんだね！」

また丸机が大きな音を立てる。今度はマガツも動じなかった。蛙がマガツの肩の上で大声を出した。マンジュシャゲは深く息を吐くと、手入れの行き届いたしなやかな手を横に掲げた。出入口を守っていた男が、その手に煙管《キセル》を載せ、火を用意する。マンジュシャゲは煙管を咥えて大きく息を吸うと、マガツに煙を吹きかけた。

「違法の取り締まりは検非違使のお仕事だと、ロクデナシの牛飼いに言っておやり」

煙を逃れて肩から降りた蛙を、マガツは庇うように手で隠す。

「私は法の話をしておるのではない」

「なら話は単純さ。なまじ法で禁じられているだけに、人間って商品は貴重だ。貴重なものは高く売れるのさ」

「命は金で換えられぬ……！」

「換えられるともさ。市に行きゃあ生き物の死骸が売りに出されているし、家畜を金で競り落とすだろぉ？　人間だけが特別なのかい？」

「む？　うむ……」

マガツが口ごもる。

「だいたいねぇ、発端はあのロクデナシが踏み倒し前提で遊び歩いていたことだろうが。こちとら被害者なんだよ。なぁんで責められなきゃならないんだい？　幼稚な正義感で他人の問題に首を突っ込んでんじゃないよ、このすっとこどっこい！」

煙管が丸机の角を打つ。マガツの手の中で蛙が鳴いた。マンジュシャゲは鋭い目でマガツを睨みつける。マガツは唇を引き結んで睨み返した。しばしののち、マンジュシャゲは息を吐いて怒気を収め、寝椅子に深く座り直した。

「あのねぇ、坊や。あのロクデナシがこの件をアンタに持ち込んだのはね、検非違使に行けば自分も捕まるからなのさ。賭博もご法度だからね。保身のためにアンタをこんなところに送り込む輩だ。手を差し伸べる相手はお選びよ」

マンジュシャゲの声は先ほどまでと打って変わって、不気味なほどに優しかった。

「なるほど」

マガツが頷くと、マンジュシャゲは満足げな表情をした。だがマガツの言葉はそれで終わりではなかった。

「父親に非があることは理解した。だが娘には関係ないことだ。責任は本人に求めるがよい」

マンジュシャゲの眉が急角度を為す。ウルシネは身を固くして怒声に備えた。

「……懐かしいこと」

果たして、吐き出されたのは寂寥を宿した呟きだった。

「マガツとか言ったね？　変わった名前だねえ。誰がつけたんだい？」

「え？　さあ、どうだろう……」

マガツは手の隙間から顔を出す蛙に視線を向ける。蛙はそっぽを向いて、目を透明な膜で覆った。

「神の子というのは、どういう意味なんだい？　アンタも神だということかい？」

「いや、私は人間だと母上は仰っておられた」

「ふぅん。すると、あんたは神の胎《はら》から産まれたわけではないんだねえ。……どこかに人間の親がいる、と」

「え？　ああ、そう、なのかな？」

困惑するマガツを、マンジュシャゲは嘗め回すように見つめていた。

「アンタ、歳は？」

「十七だと聞いておるぞ」

「そうかい。十七かい……」

マンジュシャゲは頬杖をついて目を閉じる。しばしの思索のあと、ゆっくりと目を開いた。

「わかった。娘は返してやるよ」

「いいのか？」

マガツは目を丸くする。

「聞き返すんじゃないよ。気が変わっちまうだろう。……連れてきな」

筋肉隆々の男は脅すようにマガツを睨みつけてから、奥の扉に消えていった。マンジュシャゲは再び長椅子に腰掛けて、肘掛けにしなだれかかると、煙管を咥える。

「ロクデナシに伝えな。今回だけは借金もチャラにしてやる。二度と面《つら》を見せるなってね」

「いいのか?」

マンジュシャゲは懐から取り出した扇を広げて、顔を隠した。

「……痩せこけた小娘一人分程度の額さね」

「人間が売れるというのがどうにもわからぬ。買ってどうするのだ?」

無邪気すぎる問いかけに、ウルシネは慌てふためいた。マンジュシャゲは顔色一つ変えなかった。

「労働力から慰み者まで、いろんな用途があるさねえ。あたしにゃよくわからないが、呪いの生贄なんかにも使えるって話だよ」

「生贄?」

マガツが眉を寄せた。

「おや、神通力を持つくせに知らないのかい?」

広げた扇の向こう側から、からかうような声がした。

「強力な呪いには生贄の儀式が伴うんだとか? 蛇に、羊に……人間は極上の贄になるそうだねえ。そうした後ろ暗いところで求められるからこそ、値はいっそう高くなるのさ」

「私は己の力を用いるのに、生贄を必要としたことなどないのだが……」

「そうかい。それじゃあ、私が商売柄関わる連中がろくでもないだけなんだろうねえ」

扇が閉ざされる。それを合図にしたかのように、奥の扉が開いた。

「連れてきやした」

引きずられるように連行されてきたのは、棒きれのように痩せた少女だった。大きな目に怯えを浮かべて、部屋に佇む面々に視線を投げる。

「さっさと連れて帰りな」

マンジュシャゲは寝椅子から立ち上がると、マガツに背を向けた。

「マンジュシャゲ殿、感謝する」

マガツが声をかけると、マンジュシャゲはぴたりと足を止めた。

「覚えておきな、坊や。タダより高いものはないんだよ」

領主の兵がハホホネの家を取り囲んだのは、翌日未明のことだった。

夜を見つめる人

御国《みくに》でもっとも由緒正しい血筋の一つであるヤノオオス家は、しばしばその高貴な血で歴史書に緋文字を刻み込んだ。東の蛮族平定をはじめとする偉業から、家督争いに端を発する血で血を洗う争い、あるいは対立する家に行われた苛烈な武力掣肘《せいちゅう》。御国で流れた血の半分はヤノオオス家によるものと言われるほどである。

歴史の怨念が染み付いた、美しくもおぞましいヤノオオス家の屋敷。大門を潜ってしばし真っ直ぐ、屋敷から張り出した小部屋と縁側に臨む小広場。兵士に囲まれて、マガツは泰然と沙汰を待っていた。

マガツは知らない。神の名を騙る者に対して、ヤノオオス公アシナオウがいかに苛烈であるのかを。

ヤノオオス公は信心深いがゆえに神の偽物に厳しいのであろうか。否。彼は神の信奉者にあらず。

ヤノオオス公は不信心であるがゆえに神の存在を説く者に残酷なのであろうか。否。

彼は神の存在することを知っている。

　神を知り、しかし神を信じぬがゆえに、ヤノオオス公は誰にも増してそれにまつわる者に酷虐であった。神の子を騙る不遜の輩にいかなる裁きを下すのか。誰もが固唾を呑んで事の推移を見守っていた。

　無遠慮な足音が、木の床をずかずか踏み鳴らして近づいてくる。小部屋の御簾の奥に影が揺らめいた。直後、傾《かぶ》いた服装の男が御簾を跳ね上げて姿を現し、縁側にどかりと腰掛けた。

「よう来た、よう来た！」

　三十も半ばという年齢を感じさせない、若々しい男であった。品のよい繊細な顔立ちはいかにも貴族的だが、獰猛《どうもう》な表情と粗雑な所作がそれを著しく損ねていた。

「儂がヤノオオス公アシナオウよ。アシナオウ、と呼んでよいぞ」

「頂のしろへびの子、マガツと申す」

　マガツの物怖じしない名乗りに、肩に居座る蛙の声が重なった。アシナオウはねっとりとした笑みを浮かべる。

「早速だが、余興じゃ。タケビト！」

　アシナオウの声を受けた武人が、居並ぶ兵士の間から進み出た。アシナオウは上機嫌でマガツに言葉をかける。

「ヤノオオス公爵家は御国の四大公家の一つだが、その司るところは武門でな。よい武人が揃っておる。中でもこのタケビトは随一の使い手。我が自慢の配下である」

アシナオウは不意に笑みを収め、扇子をぴしゃりと閉じた。

「タケビト。マガツの首を刎ねよ」

タケビトは一つ溜息を零して、刀を握る。

「マガツには抵抗することを許す」

言って、アシナオウはマガツに長物を投げ渡した。

「貸してやろう」

マガツの手に収まったその刀を目にして、兵たちがざわめいた。ヤノオオス家伝来の宝刀、アマノハバキリ。使い手の神通力に応じて切れ味を増す超常の刃を具えたその刀は、当主個人よりも重んじられてきた。それを下人に投げ渡すなど、尋常なことではない。

「こ、公……！」

タケビトが狼狽する。珍しいことだった。

「よい、よい。叩き折ってやれ」

アシナオウは鷹揚に頷いた。

「では、遠慮なく」

なおもためらうタケビトに対し、マガツは気楽な様子だった。生半可な神通力では抜けぬはずのアマノハバキリを当然のように抜き放つ。刃が光を放った。空気が平伏する。音を失った世界を拒否するように、タケビトの耳と耳との間で高く涼しい音が響いた。

事態を理解すると同時に、世界に音が戻った。

「な……ッ？」

「うん！」

マガツは自身の行いを意にも介さず、輝く刀を手に独特な構えを取った。素人めいた構えだった。そのくせ、妙に理にかなってもいた。正式な武道を修めたことはなく、しかし闘うことに慣れている。それを見て取って、タケビトは侮りを捨てた。抜き放ったのは無銘の、しかし全幅の信頼を寄せるに足る愛刀。

二本の刀が向き合い、張り詰めた空気が膨れ上がる。やりにくい。タケビトは眉を寄せる。一流の剣士同士が向き合った時、呼吸の読み合いが互いの意識を糸のように繋ぐ。それが、今はない。闘いの火蓋が切って落とされたあとも、マガツは平時と同じように何の気なく息を吸い、吐いている。本当に、何の訓練も受けていないのだ。

「ふ！」

呼吸の探り合いに見切りをつけたタケビトは気合一閃、一気に距離を詰めて刃を突き出した。

「うわ」

気の抜けた声を発して、マガツはぬるりと刃を潜る。タケビトの懐に入り込み、アマノハバキリを逆袈裟に振るう。タケビトはそれを柄で制して、後退した。身軽に追撃を仕掛けてくるマガツの鼻先に刃を突き出して牽制するが、通じない。

恐ろしく身が軽く、動きが速い。当初の印象に違わず動きは素人のそれであるが、存外に無駄が少なく、滑らかだ。野生動物めいた、見事な体捌きだった。

膠着はしかし、長くは続かない。初めこそ翻弄されたタケビトだが、次第にマガツの動きに慣れてきた。反応速度、移動の範囲、攻防の選択肢……。一太刀ごとに神秘が剝がれ、想定の枠内に収まってゆく。呼吸を読み、意識を繫ぎ、そして――

決定的な隙と見た一瞬に、タケビトは一挙に踏み込んだ。横薙ぎに振るわれた切先を、マガツは大きく体を反らして躱《かわ》した。また妙な動きを……。呆れつつ、タケビトは即座に刀を返す。マガツは崩れた体勢を戻そうとせず、そのまま後ろに反って地に片手を着き、腕一本の力で跳び上がった。軽業師のように空中で体勢を整え、タケビトの間合いを離れて着地する。マガツの動きに度肝を抜かれつつも、タケビトの反応は適切だった。マガツが着地の衝撃から抜け出さぬうちに止めを刺すべく突進する。

距離を詰めるタケビトの動きに冷静を欠いたか、マガツは間合いの外から刃を振るった。玉砂利に差し入れた刃を力任せに振り上げる。全くの空振り。だが直後、タケビトは悪寒に襲われた。

玉砂利が跳ねる。見えない何かが凄まじい速度でタケビトへと向かってきていた。半身になって躱す。風が鼻先を通り抜け、髪を一筋攫って行った。背後で屋敷の柱に傷が走る。

タケビトは足を止めない。恐怖も疑問も置き去りに駆け、己の間合いを捉えた。体勢が整い切らないマガツの細首めがけて刃を振り――

「そこまで！」

高らかな女性の声が、タケビトの動きを止めた。刃はマガツの首の皮一枚を捉えて止まる。

「よきものを見せていただきました」

いつの間にやら姿勢を崩して床に肘枕で寝そべるアシナオウの背後で、御簾が上がる。光を浴びた白銀の髪が、新雪のように輝いた。

タケビトは即座に刀を納め、平伏した。その場の誰もが慌てふためいて最敬礼の姿勢を取る中、マガツだけがぽかんと立ち尽くしていた。そんなマガツを面白そうに見やって、彼女は優雅に縁側へと進み出た。長く尾を引く袖と裾が、さらりと柔らかな音を立てた。

色のない肌、銀の髪、そして血色の目。神秘を体現したその姿は、音に聞こえし当代随一の神通力の持ち主、ヤサカ皇女である。

「マガツとやら申す者、たしかに神に通ずる強い力を持っている様子。このヤサカが保証いたしましょう」

瑞兆の姫に異を唱える者などいようはずもない。誰もが口を噤む。呼吸をするのも憚られるような神聖な空気を、一人分の拍手が掻き乱した。

「結構である」

アシナオウはむっくりと身を起こし、邪悪な笑みをマガツに向けた。

「真なる力を持つマガツ殿に頼みたいことがある」

再び開いた扇子が、派手な色の軌跡を空間に揺らす。

「我が娘クシナは長く病に伏せり、命も危ない有様でのう。こちらのヒサギ皇女の手にも負えぬのだ」

ヤサカをヒサギと呼んだ主に、タケビトはぎくりと肩を揺らした。アシナオウもヤサカも微動だにしない。

「そなたの力で我が愛娘の命、救ってやってはもらえぬか？」

まだ状況を摑みかねているのか、この期に及んで立ちっぱなしだったマガツは、アシナオウの言葉に首を傾げた。

「クシナ？」

ほかにいくらでも疑問を抱くことはあるだろうに、この素朴な青年は、何よりもまずアシナオウの娘の名が気になったらしかった。


人間どものなんと粗暴なことだろう。

マガツの肩の上で、カワムラは後ろ足をむずむずと動かしながら、見慣れぬ景色に縮こまっていた。

その部屋には何もない。そのくせ四方を囲う襖には仰々しい肉食獣の絵が描かれていて、カワムラをいっそう落ち着かない気分にさせた。

「マガツ様、マガツ様。お怪我はございませんか？」

「うむ、たいしたことはない。それにしても、あの男は強かったな。危うく首が飛ぶかと思った」

そう言って、マガツは首筋に手を触れる。冷たい刃に刻まれた傷が、熱を持って消えてゆく。

「人間め、なんと野蛮なのでしょう」

「うむ、少し驚いたな」

傷を癒した掌をじっと見つめて、マガツは小さく息を吐く。

「それにしても、クシナか……」

「ご存じなのですか、マガツ様？」

「何を言う。そなたも会ったことがあろう」

はて、と、カワムラは人間の世界に降りて以降のことを思い返す。いろいろな人間に会ったが、クシナという名がいただろうか……。

「幼い頃のことだ」

「あ」

マガツの言葉で、カワムラはようやく記憶の底からその存在を引っ張り上げた。

カワムラが召し抱えられたばかりの頃。幼いマガツが湖上御殿に飽いて外に出た日に出会った少女。マガツが初めて実際に目にした人間である。

彼女に対するカワムラの印象は、悪い。

何しろマガツが人間に憧れ、旅立ちを決めたのはクシナとの出会いに起因する。彼女とさえ出会わなければ、マガツは未だに湖上御殿で真綿に包まれた生活を送っていたかもしれないのだ。

マガツがどんどんしろへびから遠ざかる。それはしろへびの眷属たちにとって、不幸なことであった。

　ここへきてまた、あの小娘が関わってくるのか。カワムラはぷくっと喉を膨らませた。

「妹のために頂の湖を目指す健気な少女であったが、当人が病に倒れておるとはな」

　マガツの声の沈んだ様子に、カワムラは苛立ちを引っ込めた。

「マガツ様のお力があれば、すぐにも治ることでしょう」

「さて、そう簡単にいきますかどうか」

　カワムラの慰めを遮るように、部屋の外から声が聞こえた。カワムラはマガツの肩の上でぴょんと跳ねた。

「その声、先ほどの……」

　マガツが応じると、部屋の襖がするすると開いた。白髪赤目の娘はマガツにお辞儀をして、微笑みかけた。

「ヤサカと申します。よろしくお見知りおきを、マガツ殿」

「こちらこそ、よろしくお願いいたす」

　礼儀正しく頭を下げるマガツを見下ろして、ヤサカは小さく笑う。

「私の姿を見て恐怖も畏怖も覚えぬとは、不思議なお方ですわね」

「はて、何に怖《お》じればよいのか？」

「白い髪、赤い目。色味のない肌」

自身の特徴を指さしながら、ヤサカは端的に答えた。

「何かおかしいのか？」

「……いいえ、何も」

ヤサカは袖で口元を隠して、目に笑みを浮かべた。

「肩のお方を紹介してはくださらないのですか？」

突然の言葉に、カワムラは驚いた。

「ああ、これはカワムラ。私の従者だ」

「よろしくお願いいたします、カワムラ様」

ヤサカは蛙であるカワムラにも、恭しく頭を下げた。

「そなた、カワムラの言葉がわかるのか？」

マガツの問いに、カワムラはハッとした。これまで出会った人間は、皆カワムラの言葉を理解しなかった。だがヤサカは室内に入る直前、カワムラの言葉に応答していたではないか。

「……頂のしろへびが眷属、カワムラ」

試しに、カワムラは自ら名乗った。

「頂のしろへび様……。フシの頂に顕現された神であらせられますね。蛇を象っておられるのですか？」

「聞いてわからぬのか、小娘」

　カワムラはマガツの肩にぺたりと身を寄せ、不愛想に答えた。

「……いつ頃に顕現なされた神ですか？」

「知らぬ」

「では、何の役をもって顕現されたのかご存じですか？」

「貴様に関係なかろう」

「カワムラ、失礼だぞ」

　呆れたようなマガツの声に、カワムラは慌てて前脚をばたつかせた。

「よいのですよ。神の眷属ともなれば、所詮一介の生物にすぎぬ私よりも上位の存在なのですから」

「なんと！　カワムラ、そなたもしかして、私よりも偉いのか？」

「と、とんでもないことにございます、マガツ様！」

　主従のやり取りを見て、ヤサカはくすくすと笑っていた。

「何を笑うか、小娘！」

　カワムラは鳴嚢《めいのう》を目いっぱい膨らませて抗議した。

「礼を失するにもほどがある！　マガツ様に刃を向け傷を負わせた謝罪もせぬうちか

ったものですから」

「……申し訳ございませんでした。巷に広がっている噂の真否を確かめねばならなかったものですから」

ヤサカは一歩、マガツに歩み寄る。

「凶作続きの田に恵みをもたらし、人々の傷病を癒す神の御子……」

「その噂を確かめたかったならば、斬り合いをする必要はなかろうが！」

「それは……ええ。私も驚きました。アマノハバキリを抜いていただくだけのつもりだったのですが、ヤノオオス公ときたら……。結果的にマガツ殿の神通力が癒しに特化したものではないことが判明いたしましたが」

「うむ、母上にはさまざまな加護をいただいておる」

マガツは自慢げに頷いた。カワムラはさらなる抗議の声を上げる機会を逸して鼻を鳴らした。小さなあぶくが鼻先で膨らんだ。

「では、術を学んだことはないのですか？」

「うむ」

「そうでしたか……」

何事かを考え込む赤い目が、ちろりと動いてマガツの首に注がれる。

「傷は、自分で癒したのですか？」

「うむ。いけなかっただろうか？」

「いえ、素晴らしいです。見てみたかった気もしますが……。ああ、そうだ。この場でやってみていただけますか？」

言って、ヤサカは豪奢な服のどこからか、すらりと短刀を抜き放った。カワムラが警戒の声を上げる中、躊躇の一つもせずに短刀を自分の掌に押し付ける。

「さ、どうぞ」

笑顔で差し出された白い手からは、血が滲み出ていた。傷にマガツの手が重なる。手が離れた時には、ヤサカの白魚のような手には傷一つなく、汚れも消えていた。

「なるほど、自然治癒力の活性化ではなく、外圧的な肉体の修復ですね」

癒えた自身の手を矯《た》めつ眇《すが》めつ眺めて、ヤサカは呟く。

「よくわからぬが」

「つまり……」

さくり、と、ヤサカは短刀で己の髪を一筋切った。

「このように」

ヤサカは切り落とした髪を床に捨て、短くなった髪をぐいと引いた。手の動きに合わせて伸びた髪が、元の長さに収まった。

「短くなった髪を頭皮から伸ばして元の長さに戻すのが普通の治癒術です。あなたのはそうではない。切られて落ちた髪を繋ぎ合わせて元の長さに戻すのが、今あなたの行ったことです。これは私にはできませぬ」

足下に散らばった白髪をちらりと見やってから、ヤサカは再びマガツに赤い目を向けた。

「その方法ですと、腕の切断など通常では治りようもない傷を癒すことのできる一方で、病を治すことはできぬもの。けれどあなたは病も癒すと聞き及んでいます。……どちらも使うことができるのですね」

「考えてみたこともない」

「素晴らしい」

ヤサカは唇の両端を上げて、頷いた。

「知識と技術の不足が目立ちますが、資質に疑う余地はなし。……おいでなさい。クシナ姫がお待ちです」

踵を返したヤサカのあとに、マガツは無言で続く。心なしか、緊張しているようだった。

同じような景色の廊下を延々と歩き、方向感覚がすっかり狂ってしまった頃、ヤサカは足を止めた。襖を開くと、広々とした部屋が二人と一匹を迎え入れた。開放的な造りで、開け放たれた引き戸の向こうに美しい庭園が一望できた。

「クシナ、まだ風は冷たいですよ。このように開け放っていては、体に障ります」

ヤサカが穏やかに話しかけると、部屋の中央に広げられた布団に半身を沈めた姫君が、ゆっくりと振り向いた。床に広がる長い髪が、彼女の動きに合わせて蛇のように揺れた。

「だって、退屈なのですもの」

ヤサカに応えて言ったあと、口元がゆっくりほころんだ。濡れた黒い目にはマガツの姿を映していた。

「来ると聞いて、心待ちにしていました。お久しぶりです、マガツ」

「うむ……ああ、久しぶりだな、クシナ」

二人が交わした子供のような笑顔の前に、七年の歳月は不在だった。


思い返せばつくづく不思議なことに、クシナとマガツが共に過ごした時間はわずか半日にすぎなかった。だがマガツの人生において、その半日ほど濃密で特別な時間はなかった。

外の世界を思うたびに、浮かぶのはクシナの姿だった。

実際に降りてみれば人の世はマガツの想像を超えて広く、多様で、目まぐるしかった。次々と訪れる新しい経験と出会いに心躍らせ、長く心を占めていたクシナの存在を思い返す頻度は減るばかり。

それでも、あるいはそれゆえに、期せずして果たされた再会は感慨深いものだった。

だがその再会において真っ先にマガツの視線を引き寄せたのはクシナではなかった。彼女の華奢な体にどっしりと巻き付いた、太く長い縄。よく見れば白い鱗が浮き上がった蛇体であった。蛇体は掛布団の奥へと消えているが、布団の膨らみにその質量は反映されていない。頭も尾も見当たらず、体だけがクシナを締め上げている。

「クシナ——」

口を開きかけたマガツの背中を、ヤサカが小突いた。

「今見えているものについて、口にしてはなりません」

小声での忠告に、マガツは口を閉ざす。ヤサカはするりと進み出て、マガツとクシナの間に腰掛けた。

「クシナとマガツ殿はお知り合いだったのですか？」

「ええ、幼い頃に。私が持ち帰った花は、マガツからもらったものなのです」

「……ああ、そういうことだったのですね」

クシナがこくんと頷くと、髪がはらりと、蛇体をすり抜けて肩に落ちた。

マガツはようやくクシナの顔をまともに見た。

長い睫毛に黒々とした瞳。病みやつれた顔にかかる黒髪が、儚く美しい。

「別れ際が酷かったので、気にしておりました」

ふっと赤らんだ頬が、かえって彼女の顔の蒼白なことを際立たせた。

「我が家の小者が乱暴なことを……」

「いや、私も悪かったのだ。そなたの家の者の行動も無理からぬことであった。母上もあそこまでお怒りになるとは……」

思い出を振り返って、笑みを零す。そんな二人の間に、ヤサカがすいと割り入った。

「クシナはしろへび様にもお会いしたことがあったのですね」

「え、ええ。とても美しい方でした」

「人の姿を取っておられるのですか」

ヤサカは確認するように問うた。頷こうとして、クシナは激しく咳き込んだ。ヤサカが彼女の背中を支え、マガツを振り返る。

「背中を撫でておやりなさい」

促されるまま、マガツはクシナの傍らに膝をつき、彼女に巻き付いた蛇体の背をそうっと撫でた。冷たく滑らかな鱗の感触が、マガツの掌に伝わった。蛇体は身震いをしたあと、わずかに力を和らげて、しかし消え去ろうとはしなかった。

「楽に、なりました……」

クシナがマガツを振り返る。蛇体とクシナの身体の間にできたわずかな隙間が、彼女が呼吸するたびに開いて閉じてを繰り返している。

息をするのも苦しかったに違いない。

「これで、しばらくは苦しみから離れられると思います」

ヤサカは優しい声でクシナに告げる。

「けれど油断はせぬように。生活に制限はないけれど、治ったわけではありません。苦しくなったら、すぐに私をお呼びなさい。いいですね？」

「ありがとうございます……」

満面の笑顔の上を、涙が滑り落ちた。

「……私とマガツは一度席を外します。苦しみが消えたとて体力は戻っていないのですから、あまり暴れてはなりませんよ？」

「子供ではないのですから」

クシナが頬を膨らませて応じると、ヤサカは穏やかに笑って、優雅に立ち上がった。

「参りましょう、マガツ殿」

「あ、ああ……」

マガツはヤサカほど見事に取り繕うことができなかった。どうあっても目が向いてしまうのだ。

クシナの身体から離れない、白い蛇体に。

「あの蛇体は、何なのだ？」

クシナの部屋を離れるなり、たまりかねたようにマガツは問うた。

「呪いの類です」

忌々しい感情を嚙み殺して、ヤサカは答えた。

「ヤノオオス公はこれまで、結婚するたび三人の妻を亡くしています。御子は男子が五人と女子が六人おりましたが、今では二人の女子が残るのみ。幾重にもかけられた複雑な呪いのもたらす病、事故、傷害……。ほとんどの災厄は私が抑え込みましたが、あの白い蛇体だけは手に負えませぬ」

取り憑かれた者は皆じわじわと締め上げられ、半年と持たずに死んでいった。

「あなたは知識において全くの素人ですが、潜在的な力は私に勝る。あるいは呪いを解くことが可能かと思いましたが、そう簡単ではありませんね」

「申し訳ない……」

「あなたを責めているわけではありません。私とて何もできぬのですから」

ヤサカの言葉に、マガツはなおも項垂れた。

「呪いを払うには、どうすればよい？　私がさらに力を付ければよいのか？　知識の不足を補えばよいのか？」

「どちらもやっていただきます」

マガツは成長途上、どころか成長の開始地点にすら立っていない。成長した暁には、この固く複雑な結び目を解く力を身に付けるかもしれぬ。しかし悠長にマガツの成長を待っているわけにもいかない。クシナに残された時間は長くないのだから。

「蛇の持つ癒しの権能に期待させていただきますよ」

努めて明るくそう言ってから、ヤサカは密かに眉根を寄せた。

「頂の、白蛇……」

フシ山頂の聖域の湖に形を為した蛇の神。それも、恐らくは白い蛇。クシナを締め付けるあの蛇体と、同じ。気にしないでいるほうが難しい。

もっとも、白い蛇は神秘を扱ううえではよく見られる形代《かたしろ》である。白蛇を名乗ることをもって呪いとの関連性を疑うのは短慮と言わざるを得ない。

そもそも、頂のしろへびは正真正銘の神なのだ。神とは世界を循環する力の流れに人の願いが影響を及ぼすことで役割を与えられ、それに応じて形を為すもの。役割あっての存在ゆえに、それを離れたところでは淡白であり、余計なことはしないのが常であった。

しろへびはどのような役割を持って生まれた神なのか。

かの神はマガツを育て、従者まで与えている。子供を育てる神と見ることもできるが、だとすれば体温のある動物の形を取るだろう。天帝の祖を育てた神が狼の形を取ったように。蛇は無数の権能を持つが、子育てには至って不向きなのだ。

では何の役を得た神だというのか。

英雄をもたらす神ではないかと、ヤサカは考えていた。十数年前の大地震から続く災厄の日々を打ち払う何者かの登場を、人々は望んでいる。ゆえにしろへびが顕現し、マガツを育て、力を与えたのではないか。現にマガツは人々に豊穣と癒しを与え、人々はマガツを崇め讃えている。

ならばヤノオオス家を覆う暗雲をも吹き払うことができるかもしれない。

淡い期待を膨らませる自分に気づいて、ヤサカは自戒する。頼るべきは英雄ではなく、理論と実践。それだけが、神ならぬ身を真実へと導くのだから。

＊＊＊＊＊

その部屋には背徳の香りのする煙が満ちていた。

舶来の家具で彩られた部屋の長椅子には、鮮やかな着物と豪奢な簪と艶やかな化粧で過多に身を飾った女が腰掛けていた。派手な衣服を不作法に着崩した男が、彼女の太腿に頭を乗せてくつろいでいる。

色街の女王マンジュシャゲと、ヤノオオス公アシナオウである。

「で、マガツはどうだった？」

「気に入ったぞ。少々青臭いがな」

手の中で煙管を遊ばせて、アシナオウは低く笑う。

「いきなり斬り合いをさせたというじゃないか。それも領内随一の使い手と」

「ヤノオオス家は武門の家柄ゆえ」

「アンタが何を考えているのか、あたしゃさっぱりわからないよ」

マンジュシャゲが鼻を鳴らす。

「あの子は――」

何事かを言いかけたマンジュシャゲの唇に、アシナオウは人差し指を押し当てた。

「皆まで言うな。儂とて扱いに迷っておるのだ。……とりあえずは高貴な血を引くだけあって神通力は確かなようだし、クシナの治療でもしていてもらおう」

「クシナ姫、よくないのかい？」

「さて、どうであろうな。快調したようにも見えるが、ヒサギ皇女によれば一時的なものでしかないらしいでな」

十六になろうという娘の顔を思い出そうとして、アシナオウは首を傾げた。はて、どういう顔をしていたか。まあ、どうでもよい。どうせ近いうちに、また死別が訪れるのだ。気にかけるだけ無駄というもの。

「ヤサカ皇女をヒサギなんてお呼びするのはやめなよ」

マンジュシャゲが声を潜めて苦言を呈す。

「本名だろうが」

「だからじゃないか」

慄《おのの》くマンジュシャゲを、アシナオウは鼻で笑った。

「ヒサギ皇女に何ともならぬものがマガツの手に負えるとも思えぬ。娘は助からぬし、それで一向にかまわぬ」

「薄情な男さね。クシナ姫が何をしたというんだい」

「別に何もせぬとも。強いて言うなら儂の娘に生まれたことが罪なのだ」

「……昔誰かに言われたさ。父親の責を娘が負うことはないってね」

「ほほう、さぞ稚気の強い愚者の言葉なのであろうな？」

「マガツも同じようなことを言っていたけれどね」

アシナオウは顔をしかめた。のそりと身を起こすと、手酌で杯を満たし、一気に傾ける。

「青いのぅ……将来が心配じゃ」

酒気と共に吐き出した言葉には、そこはかとない諦念が滲んでいた。

「そうだねえ。アンタみたいにならなきゃいいが。……アンタの家族は可哀想だよ」

「存分に憐れんでやるがよいぞ。儂にはそれができぬでな」

アシナオウは煙管をくるりと回して、鼻を鳴らした。

「お前も知っておるとおり、儂は奴らを、つくづく軽蔑しておるのだ」

蛇を読む

「世の全ては真なる力より生まれ、真なる力に還ります」

閉ざされた小さな部屋の中、マガツとヤサカは背筋を正して膝を突き合わせていた。

「霊力、呪力、神通力……さまざまな呼び名がありますが、大本は全て同じものです。その力に干渉して人の力を超えた現象を引き起こす者を霊能者だとか、呪術師だとか、祈禱師だとか……これにもさまざまな呼び名が」

人の紡ぐ多様な歴史、文化。その流れに乗って、真なる力を扱う技術もまたさまざまに分化し、異なる枝葉を育ててきた。根本的には全て同じであるが、得意とする分野は大きく違う。

「いちいち呼び分けるのも面倒ですし、細かな分類を学ぶ間もありませんから、まとめて術と呼びましょう。我が国の術を統括する組織が天ツ門《あまつもん》。その長が天司《あまつかさ》、すなわち私です。国に認められた術法は、全て私の知識の内にあります」

心持ち誇らしげに、ヤサカは己の胸に手を当てた。

「そうなのか。ヤサカ殿は凄いのだな！」

マガツが素直に頷くと、ヤサカの頬が緩み、やや早口になった。

「もっとも古く身近な術法は、道具を使うことです」

ヤサカは懐から短刀と包丁を取り出した。

「そなたの懐はどうなっておるのだ？」

「マガツ殿は女子《おなご》の胸元に興味がおありですか？」

ヤサカは悪戯っぽく笑う。

「うむ、たいそう気になっておる」

「……無邪気な人ですこと。からかい甲斐のない」

憮然と呟いてから、ヤサカは短刀を示した。

「これは何をする道具でしょうか？」

「人を斬る道具だろうか」

「では、こちらは？」

今度は包丁を示す。

「料理をする道具であろう？」

「ええ、そうです」

ヤサカは笑顔で包丁を揺らす。刃が怪しく煌いた。

「では、人を殺すのにより適しているのはどちらですか？」

「……ヤサカ殿、その想定はどうなのだ。人を殺すなど、想像もしとうない」

マガツは顔をしかめた。ヤサカは目を瞬かせた。

「あら、そうなのですか。てっきり人を殺すことに抵抗を持たぬ人かと思っていました」

「何を人聞きの悪い！　なんだってそんなことを思ったのだ？」

「マガツ殿は昨日、タケビトを殺そうとしていたではありませんか」

「しておらぬ、しておらぬ！　あんなのは遊びではないか。何を大袈裟な！」

「……そうなのですか。それにしては、空を裂く斬撃の鋭かったこと」

ヤサカは不審に思って指摘する。

「あの程度、当たったところで何の問題もあるまい」

あっけらかんと、マガツは言った。

「死にます。真っ二つです」

ヤサカは断言した。

「そんな馬鹿な。ビョウネンは傷一つ付かぬぞ」

「神の眷属と比較されては困ります。人は弱く、脆いのです」

「それでは私は、昨日の男をあわや殺すところであったのか？」

マガツは戦慄した。

「マガツ様、マガツ様。よいではございませんか。結果的には殺しておらぬのです。そもそも、ああも無礼を働いた者、斬り捨てて何ら問題ないかと！」

「問題あります」

マガツを慰めるカワムラに、ヤサカはきっぱりと否を突き付けた。

「まずは人間について学び、常識を知るのです。術者としての鍛錬と同様に、必要なことです」

うむ、と頷いて、マガツは膝を揃えた。

「よろしい。では、講義を続けましょう」

ヤサカは短刀と包丁をマガツの前に差し出した。

「ではマガツ殿。料理をするのにより適しているのはどちらですか？」

「こちらだろう」

マガツは包丁を手に取った。

「そうです。同じような大きさの刃物。けれど一方は武器として、一方は生活道具として作られている。これがもっとも原始的な術なのです」

構造の違いは歴然として存在する。だが、道具が用途ごとに発達するより以前から、作り手の意思が道具の用途に作用してきたのには違いなく、それをしてもっとも古い術とみなすのである。

「多くの術師は術を使うのに道具を触媒とします。道具に宿る用途の力に真なる力を上乗せし、効率よく奇跡を為すのです。マガツ殿は底抜けに強大な力をお持ちゆえに不要な工夫かもしれませんが。……空を裂く斬撃なども、刃を持たずして放てるのでは？」

「無論だ！」

「無論、ですか。……はあ」

ヤサカは小さく溜息を吐いて、気を取り直すように咳払いをした。

「そういえばマガツ殿は、村人たちに治癒を施す折、薬草を用いられたこともあったとか。どのような薬草をお使いに？」

「うむ。その辺の草を摘んで治れと念じながら呑ませたら、皆元気になったぞ！」

「……雑草を人に呑ませてはなりませぬ」

ヤサカは極力平坦な声で窘めた。

「そうなのか？」

マガツは悲しげな顔をする。

「マガツ様、マガツ様。結果的に治ったのですから、よいではございませぬか」

「駄目です」

マガツを庇うカワムラに、ヤサカはきっぱりと否を突き付けた。

「薬草にもさまざまな種類がございます。知識なく使用すれば、人を殺しかねませぬ」

五臓六腑に、血に、骨に、目に……。薬草の持つ作用は千差万別。これを知り、栽培や調合を介して効能を増大させるのが、術師と薬草の付き合い方なのである。

「うぅん……」

マガツは悩ましげに腕を組んだ。

「道具は造られた用途によって力が宿るとヤサカ殿は申したが、草には本来、用途などないであろう。あれらはただ生きているだけだ」

「いい質問です。マガツ殿の仰るとおり、生物に用途などあろうはずがない。生命という世でもっとも複雑で尊いものに役割を与えることができたなら、それは最高の道具となります」

「むむ……話が何やら複雑になるのう」

「あなたは道具の用途を考慮せずに用いることで、ますます話を複雑にしておりますよ」

ヤサカはすっくと立ち上がり、部屋の一角の襖を開けた。中から巻物が一山、転がり出た。

「実を申せば、私もあなたの教育方針には迷うところがあります。無知ゆえに才に任せてのびのびと力を振るうほうが有用である場合もございますので」

そもそも術師が道具を用いるのは力を節約するためというところが大きい。規格外の力を持つマガツが道具を用いることを覚えてしまえば、出力が道具に合わせて抑えられることになりかねない。

そう説明したうえで、ヤサカは巻物の山をマガツの前に並べた。

「そうは言っても、やはり今のあなたは無知がすぎます。せめて基礎は押さえていただきます。私が先ほど概説したことが詳しく書かれているのがこの四巻。こちらが薬草を用いた術の入門書と薬草図鑑。そちらは呪い返しに関する論文。これは動物を用いた呪術の解説書です。蛇を用いる呪術に関する説明部分には印を付けておりますから、一読してください」

「うむ、任せよ！　読み書きは得意だ。母上に教えていただいたゆえ！」

元気よく答えると、マガツはすぐさま書物に手を伸ばした。

「昼餉のあとにはクシナの様子を見に参ります。あなたもご一緒なさい。それまではその巻物を読み進めておくように」

「うむ！　何やら難しいことが書いてあるな！」

「私は隣の部屋にいます。何かあったら報せにおいでなさい」

そう言い残して立ち去るヤサカに、マガツは返事をしなかった。

すでに巻物の世界の住人となっていた。


襖をぴしゃりと閉じると、ヤサカは文机の前に腰掛け、書を手に取る。

御国の書物も、海を隔てた隣国である華国《かこく》の書物も、それらしい情報は全て浚《さら》った。ゆえに欧国《おうこく》や砂国《さこく》で記され、華国の言葉に翻訳された書物を取り寄せた。

選んだのは主に蛇に関する文献だった。土着の信仰における立ち位置。それを生みだした土壌……現地の動植物や気候条件。丁寧に理解し、掘り下げる。

蛇は神聖な生き物だ。手も足もないのに不自由なく動き回り、瞼がなくとも目は乾かず、耳がなくとも周囲の気配を敏感に察する。この不思議な生き物は古くから人々の興味を掻き立ててきたらしい。

御国にあっては畏れられつつも信仰の対象となることが多い蛇であるが、欧国では恐れや嫌悪が上回ることが、資料を漁り始めてすぐにわかった。欧国に伝わる神話において人の祖を騙して邪悪に堕としたのが蛇であることに起因しているようだ。

人から神の寵を奪った悪魔。

あるいは、欧国におけるこの特別な存在感が、御国の蛇神にまで大きな力を与えているのかもしれない。

次に手に取った書で早速、ヤサカは手に入れたばかりの知識を修正した。人から天寵を奪った悪魔として記されるよりはるか以前より、やはり蛇は特別であった。

他地域のより古い神話では死を克服しようとした王から不死を奪い、また別の神話では医の象徴とされ、また別の神話では世界そのものを支えているとされる。

知るほどに蛇の世界は奥が深い。

「あら……」

捲《めく》った頁に現れた奇怪な挿絵に、ヤサカは思わず声を漏らした。一匹の蛇が輪を作り、自身の尾を咥《は》え込んでいた。

自らの尾を食む蛇。

これは「始まりも終わりもない完全なもの」を示すと注釈されていた。

「食いしん坊のお馬鹿さんにしか見えませんね……」

少しだけ穏やかな心地になって、ヤサカは笑みを漏らした。

次に手に取ったのは、海外の蛇の図鑑だった。華国風の挿絵が付いた図鑑を捲る。

御国にはいない蛇たち。鮮やかな色味の記述が、墨で描かれた挿絵に想像の色付けを加えて、美しい姿を心に結ぶ。

「響尾蛇《くろたらす》……」

奇妙な名と挿絵に、ヤサカの視線は引き寄せられた。蝮《まむし》に似た外観。だが、尾には鈴のようなものが付いている。これは脱皮殻の一部が残り積み重なったもので、威嚇の際に振ると鈴のような音を響かせるらしい。御国の蛇も怒ると尾を地面に打ち付けて音を鳴らすが、響尾蛇は尾から直接音を出す。

蛇は耳を持たず、音を捉えることはできない。それゆえ蛇を象るものは聴覚に関わる権能を持たない。音楽に関連した加護を与えることはない。癒しの権能をもってしても聴覚の障害を治すことはできない。音を介した術や攻撃を仕掛けることもない。御国の術師の間では常識であったが、このような蛇が存在するのであれば考えを改めるべきかもしれない。

クシナの呪いに直接関係するものでなくとも、発見があったのは喜ばしい。気をよくして、ヤサカはさらに頁を捲る。

「ヤサカ様！」

呼ばれて視線を上げると、庭に向けて開かれた襖の陰から、少女がこちらを覗いていた。

「これは、ツマグシ姫」

ヤサカは相好を崩した。ツマグシは今年十歳になるクシナの異母妹であった。七年ほど前に大病を患ったが、クシナがフシの御山から持ち帰った花の力で一命をとりとめた。

　当時の花は今も瑞々しく、彼女の髪に結い込まれている。

「昼餉をご一緒しませんかって、お姉さまが！」

「あら、お誘いに来てくださいましたの？」

　ヤサカは立ち上がると、ツマグシの隣に並んだ。ツマグシは大きな目をきょろりと彷徨わせ、もじもじと小さな手をこすり合わせた。

「あの、ね？　お兄さんも……」

　その言葉と態度で、ヤサカはおおよその事情を察した。ヤサカとマガツを呼びに来たものの、初対面の相手に一人で声をかけるのが怖いのだろう。

「何も姫君をお迎えにやらなくてもいいでしょうにねぇ」

「私が行きたいって言いましたの」

「あらあら。近くに来たら怖くなってしまいましたのね」

「こ、こわくなんて、ありませんわ」

　ぷくっと頬を膨らませて、ツマグシは勇ましい足取りで隣の部屋に向かう。ヤサカも小さな背中に続いた。

　マガツは部屋中に巻物を広げて、夢中で読みふけっていた。貴重な書物の雑な扱いを見て、ヤサカは眉根に皺を寄せた。

「あの、あのぅ……」

幼子に声をかけられたマガツは顔を上げ、目を瞬かせた。

「む？　クシナ、何が起きた？　何故に突然縮んだのだ？」

ヤサカは思わず、額を押さえた。

「クシナではありません。ツマグシ姫です。クシナの妹姫ですよ」

「妹……む、そうか。クシナがフシの御山を訪れたのは、そなたのためであったな？」

ツマグシは小さく頷いた。髪に飾られた花が合わせて揺れた。マガツは優しく目を細めた。

警戒心を解いたツマグシの幼い顔に、花のような笑顔が咲いた。


ツマグシに案内されて二人が向かった先、池に張り出した東屋に、昼餉が用意されていた。クシナはすでに席についていた。その体に重苦しく巻き付く白い蛇体を、ヤサカは痛々しい心地で見つめた。礼に則って頭を伏せようとすると、彼女の細い体に蛇体の重みがかかっていっそうつらそうだった。

「私たちの間に堅苦しい作法は不要です。さあ、いただきましょう」

ヤサカとクシナ、マガツとツマグシが向かい合う形で、それぞれの膳の前に座った。美しく整った料理を見るなり、マガツは目を輝かせ、うずうずと覗き込んでいる。肩のカワムラも興味深げに卓を見つめていた。ヤサカは皆を促して手を合わせた。

「いただきます」

単純ながら大切な一言を口にしてから、箸を手に取る。マガツは早速吸い物の椀を開いていた。香り高い煙が立ち昇ると、おお、と感嘆を漏らす。

「美味そうだ、美味そうだ！　うん、美味い！」

お行儀が悪い、と言いかけたヤサカは、実際にはさほど行儀に悖《もと》る行為がないことに気が付いた。座る背筋はスッと伸びているし、箸の使い方にも食器の持ち方にもそつがない。頂のしろへびはマガツに人としての教育を施している……。

ツマグシが漬物の乗った皿を、こっそりとマガツの膳に移す。

「こら、お行儀が――」

「おや、くれるのか？　ありがとう」

マガツが嬉しそうに受け取るものだから、クシナはツマグシを叱りそびれた。仕方のないこと、と苦笑する。クシナの料理は順調に減っていた。食欲が戻りつつあるのだろう。束の間のことかもしれないが、ここには確かに、安らいだ幸せが満ちていた。

「お姉さま、お姉さま。マガツ様ときたら私を見て、お姉さまが縮んでしまったと酷く驚かれたのですよ」

「あら……」

クシナは上品に微笑んだ。長い袖の下で、手を握り締めて笑いの発作を抑えているらしいことが見て取れた。

「クシナの幼い頃とツマグシ姫はよく似ていますからね。だからと言って、クシナが縮んだという発想には驚かされましたが」

ヤサカは横目でマガツを見た。

「おや、ヤサカ殿もクシナを幼い頃から見知っておるのか？」

「ええ」

クシナが持ち帰り、今はツマグシの髪の中に結い込まれている奇跡の花。その噂が広まった時、調査に訪れたのが当時十歳のヤサカであった。

「もともとヤノオオス家とは無縁というわけでもありませんでしたし」

ヤサカの言葉に、クシナとツマグシは困ったような表情を浮かべた。二人にとっても、当事者であるヤサカにとってすら、この世に生を受けた頃には終わっていた、古い縁の話である。だが愉快な話題でないことも確かだった。

「以後は頻繁に出入りさせていただいて、そうするうちにヤノオオス公の御子たちとも関わるようになったのです」

「畏れ多くも、ヤサカ様と私たちは幼馴染と言ってもよい間柄なのですよ」

「あら、幼馴染とは冷たいのですね。私はあなたたちのことを、姉妹のように思っておりますのに」

言ってしまってから恥ずかしくなって、ヤサカは素早く白米を口に押し込んだ。クシナとツマグシは目を丸くしてヤサカを見つめている。なかったことにしたいというささやかな願いを圧し潰そうとするかのように、マガツは「姉妹、姉妹か……」と繰り返した。

「実に和やかではないか！」

その声が聞こえた瞬間、場の空気が一転した。クシナとツマグシは居住まいを正して振り返り、頭を垂れる。重々しい蛇体がクシナの首を圧迫するのを目の当たりにして、ヤサカは顔を歪めた。

「何用です、ヤノオオス公！」

ヤノオオス公アシナオウは、いつものとおり派手な衣装を着崩して、髪はざんばら、手に煙管。およそ真っ当な貴人とは言い難い姿でのし歩いていた。付き従うタケビトはいたたまれない様子であった。

「何用とは酷い言い草。父親が死の淵を脱した娘の顔を見に参るのは、さほど異常な事態ではありますまい？　のう、ヒサギ皇女」

ヤサカがヒサギと呼ばれたことで、マガツ以外の全員が一瞬身を強張らせる。

「うむうむ、元気になったな。よかったよかった」

「ありがとうございます、お父様……」

顔を伏したまま、消え入るような細い声で、クシナは答える。

「うむ。快調を期待しておるぞ」

言いつつ、アシナオウの視線は伏したままの娘ではなく、マガツに注がれていた。

マガツは全く構えることなく、視線を正面から受けている。

「マガツとやら。そなたの力、見事である。褒美を取らせよう。望みは――」

「あなたは娘の顔を見に来たのではないのか？」

アシナオウの言葉を遮って、マガツが問いを発した。空気が凍り付いた。

「たしかに、そう言ったな」

アシナオウは冷やかに応えた。

「では顔を見ればよい。クシナはずっと身を伏せておる。つらそうだ。あなたのためにああしているのだから、一言、楽にしてよいと言ってやってほしい」

アシナオウはクシナの姿を横目に見て、鼻を鳴らした。

「楽にするがよい」

クシナはようやく顔を上げた。首にのしかかっていた蛇体の重みが分散する。蒼白になった顔面には、不安げな色が浮かんでいた。

「なかなか肝の据わった奴よ。気に入ったぞ」

「私はアシナオウ殿が気に入らぬ」

周囲が震えるほどきっぱりと、マガツは言った。皆の不安を煽るように、アシナオウはくつくつと笑う。

「アシナオウでよい。それがすでに敬称であるからな」

上機嫌に言って、アシナオウは踵を返す。タケビトが一礼してそれに続いた。ヤサカはほっと息を吐くと、視線をマガツに転じた。

「何を考えているのです？」

「何かまずいことをしただろうか？」

「ヤノオオス公は気性の激しいお方です。言動に気を付けなさい。無礼を働けば手打ちにされるやもしれません！」

ヤサカは天帝の娘であり、天司でもある。有する権力はアシナオウよりも大きい。それでも領主が領民に下した懲罰を覆す権限は持ち合わせない。マガツが罪に問われたのなら、それを救うのは難しいのだ。

「う、うむ……それは恐ろしいな」

「マガツ様、マガツ様。その際には返り討ちにしてやれば何の問題もなかろうかと存じまする」

カワムラがペタペタとマガツの頬を撫でる。

「おやめなさい。大事件になります」

ヤサカの指摘に、カワムラはムッと両頬を膨らませた。ヤサカは頭を掻きむしりたい衝動に駆られた。

マガツはこの上なく頼もしい。彼の力はクシナの閉ざされた運命を切り開く鍵となるだろう。だがこの鍵の管理は思いのほか難しい。何をしでかすかわからないのだ。

ヤサカは髪に手櫛を入れることでかろうじて激情を抑え込み、素知らぬ顔で食事を再開した。

ふと顔を上げれば、クシナがじっとマガツを見つめていた。熱を伴ったその目を見て、ヤサカは小さな違和感を覚えた。

摑むより前に消えてしまった違和感は、ざらりとした不安として、ヤサカの胸に残り続けた。

春を待つ

ウルシネへ
前回の文からずいぶんと間が開いてしまったが、皆は元気にしておるだろうか？

母上の御許では感じなかったが、ここ三か月ばかりは実に寒い。冬とは厳しいな。

あわやカワムラが冬眠するところであった。ヤサカ殿の指示で温めたら目を覚ましたのだが、そうでなければカワムラは一冬眠っておっただろう。

ヤサカ殿からはいろいろなことを学んでおる。自分がこんなにも無知であったことに驚くばかりだ。

こちらで起きていることについてはあまり詳しく書いてはならないのだが、状況はよくなっているように思う。

事態が落ち着いたらまた戻る。時折、そなたの家で馳走になった雑煮が恋しくなるのだ。また食せる日を心待ちにしておる。

息災で過ごせ。

マガツ

冷たく引き締まった冬の空気が解《ほぐ》れて、懐かしいような甘い香りが漂い出る。

また春が来る。それも、これまでにない豊かな春が。

生きて迎えることはないとばかり思っていた季節がすぐ傍まで来ているのを全身に感じて、クシナの胸を静かな喜びが満たす。

クシナが生まれたのは、震災の翌年だった。震災以降、災害と凶作がヤノオオス領を繰り返し苛んできた。ヤノオオス家は常に濃密な死の気配を漂わせていて、兄弟姉妹は次々と死に呑まれていった。

七年前。当時三歳だった妹が奇跡の花に救われて、ヤサカが調査にやって来た。人の形をした瑞兆。そう崇められる皇女は、クシナよりも一つ年上の、背伸びしがちな少女だった。

多くの兄弟が幾度となく命を救われ、その甲斐なく死んでいった。クシナもまた何度も助けられた。永遠に歳を取らなくなった兄弟姉妹の中で、今はクシナが最年長だ。

自分もまた、もうすぐ歳を取らなくなるのだろうと思っていた。

日々重くなる体に、日々募るばかりの苦しみに、クシナはいつしか終わりを渇望するようになっていた。

そこに、マガツが現れた。

思えば、マガツとの出会いが全ての始まりだったのだ。奇跡の花をクシナに手渡し、ツマグシを救い、ヤサカがヤノオオス家に来るきっかけを作った。そして再び現れて、ヤノオオス領を閉ざした凶作を終わらせ、クシナを救った。

圧迫感から解放された肺が吸い込む空気は甘く、熱が引いた視界はあまりにも綺麗だった。

「クシナ、見てくれ！」

庭を眺めていると、弾むような足取りでマガツがやって来た。無邪気で明るく、美しい青年。その姿に、胸の内が温かくなった。

「蝦蟇《がま》の卵だ。庭の池にたくさん浮かんでおったのだ。まだ雪も残るというに、いつの間に産んでいったやら……！」

マガツはとても嬉しそうに、寒天状の細長い物体をクシナに差し出した。子供のような笑顔に見蕩れながらも、クシナは必死に贈り物の受け取りを拒否する言い訳を探していた。

「マ、マガツ……。可哀想ですよ。池に戻してきてはいかがです？」

マガツの肩で、カワムラが同意を示すように激しく鳴いた。

「うむ？　ヤサカ殿が採ってこいと申したのだぞ」

「そ、それは、私に渡せという意味で仰られたのでしょうか？」

「いや、違うぞ！　ただ、あまりに珍奇な手触りゆえな、そなたにも触らせてやりたくなった！」

「お心遣い、ありがとうございます……」

内心で困り果てながら、クシナは無理やり笑顔を作った。

「柔らかそうに見えるであろう？　ところが、結構固いのだ！」

「さ、左様ですか……」

マガツがあまりにも透き通った目をしているものだから、つい嫌だと言いだせなくて、クシナは恐々と手を伸ばした。さぞどろりとしているかと思ったが、意外にも固く、つるつるとしていた。興味を惹かれてつついてみると、心地よい弾力が人差し指を押し返してきた。

「マガツ殿！」

怒ったような声が聞こえた。見れば、ヤサカが早足で縁側を歩いて来るではないか。

「卵を採取したらいつもの部屋へ来るように申したでしょう！」

「い、いや、その……クシナにも見せてやろうと……」

「クシナが困っておるでしょう！」

二人のやり取りがおかしくて、クシナはくすくす笑いを漏らす。マガツが来てからというもの、ヤサカはどこか生き生きしている。以前はずっと張り詰めていて、背伸びしていて、完全無欠の人のように振る舞っていた。マガツと関わるようになってからの彼女は感情に振れ幅ができて、年相応の表情もするようになった。

そんな彼女の変化に、胸がもぞりと痛んだ。

ずっと全身が痛くて、苦しかった。けれど、こんな痛みは知らない。

苦くて、切ない。

言い合う二人を笑顔で見つめながら、クシナはそっと、胸を押さえた。

＊＊＊＊＊

部屋には氷の浮いた桶が用意してあった。

マガツはヤサカに言われるまま、桶に蛙の卵を入れる。

「残酷にございます」

カワムラがぷくぷくと喉を膨らませた。

「何故氷水に？」

「卵の成長を遅らせるためです」

ヤサカは大きな天秤で薬草の量を測りつつ、マガツの疑問に答える。

「受精卵は生命でありながら生き物としての形を持たぬもの。そこには無限の可能性、すなわち奇跡の源があります。しかし育てば育つほどに可能性は狭められてゆく。ゆえに温度を下げて成長を妨げています」

「ふむ？」

マガツは首を傾げる。

「蝦蟇の卵……。この一塊に、まだ形を為さない数千もの命が詰まっています。これを用いて、クシナの解呪を試みます」

「おお、できるのか？」

ヤサカは頬を興奮に染めて頷いた。

「私とあなたが力を合わせれば、ほぼ確実に成功します。ひとまず卵はそのままにしておいてください。神通力の導線を描くために、薬草を潰して特殊な墨を作ります」

ヤサカは測った薬草をすり鉢に投げ入れて、丁寧にすり潰す。マガツはそわそわとその手元を覗き見た。ヤサカは深紅の目でマガツを見つめ、場所を譲る。

「徹底的に潰してください」

「うむ、わかった！」

マガツは気合を入れて、ゴリゴリとすりこぎを押し込んだ。

「生命に役割を与えることで術のための道具とする、という話をしたことがありましたね」

押し入れの中を探りつつ、ヤサカはこれから行う術の解説をする。

「生命は生命としてただありのままに在るだけです。そこに意味を求めるのは不条理というもの。それゆえに、生きることに意味を与えられた生命には特別な力が宿ります。たとえば、カワムラ様。しろへび様からお役目を与えられ、ただの蛙から精霊に近い存在に昇華された好例です。恐らくはマガツ殿に仕えるために召されたのでは？　だから蛙ながらに人に近いものの考え方をし、マガツ殿と同等の神通力を持つ者と意思疎通が可能なのでしょう」

答を求めるように視線をやるヤサカに、カワムラは無言で尻を向けた。ヤサカは気にせず先を続ける。

「今回行うのはそれです。この卵に含まれる生命に形代の役割を与え、クシナの呪いを移します。恐らくあの蛇は一連の呪いで死なぬ者への最終手段。呪いへの耐性の強さによって力を増す呪いでしょう。長く呪いに晒されて生じた耐性を逆手に取った罠です。ですから、こちらもそれを逆手に取りましょう。術より生まれる形代の呪いへの耐性は、人の比ではありません。クシナに憑いているのは蛇ゆえ、蛙の卵を使った形代はより効果的に働くかと」

ヤサカは蠟燭の上に三脚を置いて、小さな金属鍋に湯を沸かす。差し出してきた手にすり鉢を渡すと、彼女は柄杓で掬った湯をそれに流し入れた。怪しげな泡が立って、毒々しい色の煙が昇る。

「役割を与えるとは、どのようにやるのだ？」

「もっとも簡単な方法は、命名です。何にでもなり得る、形為さない命に名を与える。クシナの形代を作るとなると膨大な規模の神通力を繊細に制御する必要がありますが、二人で分担すれば可能でしょう」

「……マガツ様、マガツ様」

ぷくぷくと喉を膨らませていたカワムラが、硬い声でマガツを呼んだ。

「これは恐ろしいことでございます。むごたらしいことでございます」

マガツは無言で、カワムラの次の言葉を待った。

「人間の娘一人のために、いずれ形為す数千の命を、犠牲にするのでございますか？」

「……カワムラ様、卵が他の生物の糧となるのは自然の摂理と存じます」

ヤサカはカワムラの懇願をきっぱりと切り捨てた。

「黙れ小娘、貴様に言っておらぬわ！」

カワムラの鳴嚢が一斉に膨らんだ。

「すまぬ、カワムラ。私も、クシナを救いたい」

「マガツ様、そうまでしてあの小娘を？　ならば、カワムラめは何も申しませぬ。ですが、罪なき子らが贄となる様など、見とうはございませぬ！」

カワムラはマガツの肩から跳び下りて、庭の藪に消えていった。

「よいのですか？」

「声の届くところにおるだろう」

マガツの声にカワムラが応じないことなどありえないのだから。

「そういうものですか……。よし、この紙を広げます。マガツ殿、そちら側を持ってください」

「うむ……」

紙には墨で正確な模様が描かれていた。大きな円の内側に、各頂点を円周と接する正三角形。そして各頂点を中点とする小さい円が三つ。ヤサカは紙の向きを確かめると、今しがた作った薬液を筆に浸して何事かを書き込んでゆく。

「命名といえば、ヤサカ殿」

真剣そのものの彼女の横顔を眺めていて、ふと、マガツは一つ、気になっていたことを思い出した。

「ヒサギとは何だ?」

ヤサカはすぐに反応しなかった。紫色に光る墨で、紙に文字を刻んでゆく。

「私の本名です」

筆に新しい墨を吸わせる段になって、ヤサカはようやく答えた。

「ヤサカは本名ではないのか?」

「ええ……。ヒサギは不吉な名ですゆえ、めでたき仮名を用いております」

紫色の墨が、どろりと揺れる。

「墓に植えられ、棺の材となる木なのです」

ヤサカはすり鉢を脇に置き、筆を携えつつ、紙の上に垂れる銀の髪を掻き上げた。

「マガツ殿は、私の姿をどう思われます?」

「美しいと思うぞ」

マガツは率直に答えた。

「そ、そう、ですか? いえ、そういうことでは、なく……」

ヤサカは言葉を無駄に散らしたあとに、咳払い一つで冷静さを取り戻す。

「天帝の祖は、白き毛皮と赤い目をした狼に育てられたと伝えられています。このことから御国では白い体と赤い目を持つ生物を瑞兆とするのです」

瑞兆。よいことが起こる前触れ。それは人々に崇められ、生きながらに神として祀られる。

「白い雉、白い鹿、白い亀……。さまざまな記録があります。もちろん、白い人も」

ヤサカは紙に文字を記しながら、淡々と語る。

「私は皇族に初めて生まれた白人《しらびと》であり、しかもかつてないほどに強力な神通力を具えておりました」

「それはさぞやめでたい赤子ではないか。何故不吉な名など……」

「私が生まれたその日、ヤノオオス領の大地震が起きたのです」

ヤサカは冷たく目を細めた。大地震は豊穣の大地を破壊し、数多の命を呑み込んだ。その中にはヤノオオス公の長男も含まれていた。

「私は母の胎内にいる頃より、女であればヤノオオス公の長男の妻にと決められていました」

生まれてみれば神通力を持つ白人だったのだから事前の取り決めのとおりに縁談が成ったかどうかは怪しいが、ともあれその時点では許婚《いいなずけ》。その縁がヤノオオス領の大地震と生まれたばかりの皇女とを強く結びつけたのである。

「天帝は大いに恐れ、混乱しました。こうなると私の誕生は慶事などではなく、その逆としか見えなかったのです。それゆえに、己の身を納める棺の材、ヒサギの名を与えて斬って捨て、不吉の影を払おうとされた」

「それはあまりに乱暴なのでは」

「まさしく。天ツ門の者どもがそう申したものだから、私は死なずに済んだのです。瑞兆を殺しては不吉の収まる余地は無し、とね」

天帝は己が冷静を欠いていたことを悟り、過ちを認めた。だが、与えた名を取り消すことはできなかった。そのためにヤサカという繁栄の仮名を与えて事を収めたのである。

「そのような経緯ゆえ、およその人は私をヤサカと呼ぶのです。ヒサギなどと呼べば、私への誹謗ととられるか、天帝への侮蔑と思われるか……。アシナオウが私を呼ぶたびに皆が慌てる理由がわかりましたか？」

「ああ、合点がいった」

マガツは頷いた。

「つらかったな」

その言葉が、ヤサカの意識の何かにカチリと嵌る。

「言っておきますが、私は己の名に何ら思うところはありません。ヒサギと呼ばれることにも抵抗などございません。周りの気遣う様が、よほど不愉快です」

早口でそう言ってから、己の言葉の強さに驚いて、ヤサカは視線を彷徨わせた。

つらかった。そうか、ヤサカは、ヒサギは、つらかったのだ。

「……ヒサギと呼んでよいか？」

マガツが問うと、ヤサカはふと、目じりを緩めた。

「二人だけの時に限って。……皆が驚くのはご存じでしょう？」

「む、そうだな」

マガツは素直に頷いた。

「……私も、マガツとお呼びしても？」

「これまでもそうだったであろう？」

「そうかもしれませんね」

ヤサカは悪戯っぽく唇に人差し指を当てて、笑んだ。

「……マガツというのも珍しい名ですね。何か謂れがあるのですか？」

「ん？　さて、どうだろう。前にも言われたが、そんなにおかしな名だろうか？」

「災禍を示す言葉ですからね。名に使うのは一般的ではありません」

「そ、そうなのか？　名付けは大切なものなのだろう？」

「術の観点では。けれど術が世の全てというわけでもなし。あえて不吉な幼名を付けて魔を除ける風習のある地域だってあります」

「そう、なのか。ううむ……」

マガツが考え込む間に、ヤサカは模様の仕上げを始めていた。正三角形の三つの頂点から、大円の中心へと向かう線を三本。

「よし、上々です」

ヤサカは一つ手を叩くと、マガツにクシナを呼んでくるよう申し付けた。クシナの部屋に向かうマガツを見送って、己の頬を両手で挟むように叩く。妙な熱を持っていた。


円と三角形で構成された図形が描かれた大きな紙が、部屋の大半を占拠していた。三角形の頂点と中点を同じくする小円の一つに、蛙の卵が置かれている。

「待っていましたよ、二人とも」

マガツとクシナの到着に気付くと、ヤサカは二人にきびきびと指示を出した。

「マガツ、あなたはそちらの円の中に立っていてください」

マガツに付けていた敬称が抜けている。それに気が付いて、クシナの胸に不穏なものが灯った。

「クシナ、血と髪を少し、いただけますか?」

頷くと、ヤサカは短刀でクシナの指の先を刺し、ぷくりと盛り上がった血を紙にとる。同じ短刀で長い黒髪の一筋を切り落とした。

「部屋の隅にいてください。気配を殺して、じっとしているのですよ」

「な、何が始まるのです？」

クシナは言われるままに部屋の隅に座して、恐る恐る問いかけた。

「あなたの呪いを形代に移す試みです」

ヤサカは優しく微笑むと、クシナの前で身を屈めた。

「ここは、今から少々特殊な場となります。普段は見えぬものが見えるかもしれませぬが、心を落ち着けて、平常心を保つのですよ」

「は、はい……」

クシナが頷くと、ヤサカは最後の小円の内側にクシナの血と髪を置き、襖を全て締めきった。急に部屋が狭くなったような気がした。

「では、始めましょう」

ヤサカはそう言って、マガツの背後に立った。

「……マガツ、もう一歩前へ」

言われたとおりにマガツが小さな円の中で一歩を踏み出すと、ヤサカも同じ円の中に入った。

「狭い……」

不満げに呟きつつ、ヤサカはマガツの背に両手を添える。クシナは無意識に拳を強く握った。慌てて視線を逸らし、落ち着きなく髪を掻き上げる。

「難しいことを考える必要はありません。私が送る力に合わせてあなたの力を放出してください」

「うむ、わかった！」

ヤサカが集中するように目を閉じると、紙に描かれた図形全体が淡い輝きを発した。一瞬ののち、クシナの血と髪、蛙の卵が溶けるようにして消えた。二つの小円からどろりとしたものが流れ出し、中心に向けて伸びる線に沿って進む。

マガツは興味津々に目を瞬かせる。ヤサカがムッとしたように薄眼を開いた。

「マガツ、集中！」

「う、うむ……」

答えながらもあちらへこちらへと動くマガツの目に、ヤサカの手が覆い被さった。

「な、何も見えぬのだが！」

「あなたのように集中力に欠ける者にはこのほうがよい！」

背後から手を伸ばして目を塞いだヤサカの姿は、まるでマガツを抱き締めているようだった。

マガツはむぅ、と口を閉ざした。すると、図形の輝きは劇的に増した。二つの小円から流入したものが大円の中心で結びつき、ぼこぼこと音を立てて持ち上がり、陽炎のような人型を形成する。

「汝、名をクシナ・ヤノオオス！」

朗々と、ヤサカが唱えた。人型はぐにゃぐにゃと歪んで、形を変え始めた。ずるり、と。クシナの肌を冷たく滑らかなものが這った。それは巨大な体を地面に横たえ、するすると、大円の中心に佇む影に向けて進んでゆく。二股の舌が、ちろちろ揺れた。

人を呑み込んでしまいそうな、巨大な白い蛇だった。丸く赤い目で、しっかりと影を見据え、クシナから遠ざかってゆく。

あれは、何？

自分の頭から血の気が引いていくのを、クシナははっきりと自覚した。体から剝がれるように出現して、ずるずると、遠ざかってゆく。クシナの呪いを形代へ移すとヤサカは言った。つまり、あれがクシナに憑いていた呪いだというのか……。

蛇は形代ににじり寄ると、鎌首をもたげた。人の背丈ほどに頭が持ち上がる。間近に迫った大蛇に、ヤサカは多少なり怯んだらしかった。彼女の動揺を感じ取ったのか、マガツが怪訝な顔をする。

「……ヒサギ？」

マガツの呟きが、クシナの耳に届いた。瞬間、これまでに感じたことのない痛みと苦しみに、視界が激しく明滅する。

唐突に形代が動いた。前も後ろも定かでない黒い人型が、どろどろとした腕を振り上げ、ヤサカとマガツに向けて振り下ろす。ヤサカはとっさに前に出て手を掲げた。岩に落ちた滝のように、影の腕が割れて弾け飛ぶ。

「何を……！」

マガツが指を一本立てて、横に振った。

「マガツ、いけません！」

ヤサカの制止は遅かった。マガツの指の動きに合わせて飛んだ実体のない刃に首を飛ばされた形代は、一瞬ののち、影も形も残さず消えた。

目標を見失った蛇は戸惑ったように舌を揺らして、くるりと、クシナに視線を向けた。

「クシナ！」

マガツとヤサカは間に合わない。蛇がクシナに襲い掛かり、ぐるりと体に巻き付いた。それは覚えのある痛み、苦しみ。蛇に体を締め上げられてのことだったのだと、クシナはやっと理解した。

もがけど解けず、叫ぼうとして息を吐くほどに蛇体は体を締め上げて、呼吸ができなくなる。メキメキと、体の内側が軋みを上げた。

マガツとヤサカの声を遠くに聞きながら、応じることもできず、クシナの意識は暗闇に落ちた。

＊＊＊＊＊

体が重い。呼吸が苦しい。

もはや慣れ親しんだその感覚が、何故だか以前よりずっとつらかった。

意識は浮沈を繰り返して、ようやく重たい瞼を開けると、マガツの顔が間近にあった。体温が顔に集中するのを感じて、クシナはそっと掛布団を引き上げた。

「マ、マガツ……」

「大丈夫か？」

問われて、クシナは小さく頷いた。マガツの顔から逃れるように視線を流せば、純白の髪をした少女が目を赤く腫らし、悄然と肩を落としているのが見えた。

「ヤサカ様?」

「ごめんなさい……」

ヤサカはぽつりと呟いた。

「失敗、してしまいました。小康状態だったものを、私が余計なことをしたばかりに……。こ、こんなことなら、やらなければよかったのに……!」

ヤサカの打ちのめされた様子に、クシナの罪悪感が膨れ上がった。

「違う、違うのです、ヤサカ様。ヤサカ様は平常心を保てと仰ったのに……私、動揺してしまって!」

「あのようなものを突然見せられて、動揺しないはずがありません。そこに思い至らなかった私の不徳の致すところです」

ヤサカは唇を噛んだ。赤い目にはうっすらと涙の膜が張っている。違う、違うとクシナは繰り返した。けれど、何が違うのかは口に出せなかった。

クシナの動揺は、驚きのためでも恐怖のためでもない。

マガツとヤサカの親しそうなやり取りに、心を乱した。その直後に形代が二人に攻撃を加え、台無しにしてしまった。それが意味するところを想像して、クシナは自分自身に恐怖を覚えた。

あの形代は、クシナを模して造られたのだ。ならばその行動は、クシナの意思を反映したものではないか？

眼球が熱を持つ。溢れ出しそうになるものを感じて、クシナは掛布団に潜り込んだ。儀式の失敗で、ヤサカもマガツも深く傷つき、自分を責めている。クシナは言わなければならない。自分の嫉妬が招いたことであって、二人の責ではないのだ、と。けれど言葉にしようとするほどに、それを口に出すのが怖くなる。自分の醜さを知られることが、怖くなる。

「私はヤノオオス公と話をせねばなりませぬ。マガツ、クシナについていてくれますか？」

「無論だ」

掛布団越しに聞こえる二人の声には、互いへの信頼が滲んでいた。

「何かあったら、すぐに報せてください」

「うむ、カワムラを遣わそう」

マガツの肩の上に腰掛けているカワムラは、クシナにはただの蛙に見えた。だが二人にとっては伝令を任せることのできる存在なのだ。ただ一匹の蛙が示す冷たい事実が、耳から脳へと沁み込んでゆく。

二人が儀式を行った、あの部屋。異様な気配に満ち、異形のものどもが蠢くあの場所で、二人はどこまでも平然としていた。二人にとって、あれは当たり前の世界。クシナの知らない、二人が共有する世界……。

「念のために言っておきますけれど、クシナに不埒な行いをしてはなりませんよ。すぐ近くに女官が控えておりますからね」

「不埒な行いとは何か？」

心底不思議そうにマガツが問えば、ヤサカは慌てたように咳払いをした。

「では、マガツ。くれぐれも、頼みましたよ」

「……任せよ」

マガツの声にはいつもの自信が欠けているような気がした。クシナはますます暗澹たる気分になった。

ヤサカの気配が遠ざかると、クシナはおずおずと掛布団から顔を出した。いきなりマガツと目が合って、肩を震わせる。

「すまなかった。恐ろしい思いをさせてしまったな」

マガツの声は低く穏やかで、これまでとどこか違っていた。クシナは言うべき言葉を探して、結局何も言えずに目を伏せる。

「クシナ？」

「ごめんなさい……」

ようやく口に出せたのはありきたりで、卑怯な言葉だった。

「何を謝る？」

ごめんなさい、ごめんなさい。

戸惑うマガツに理由も告げず、クシナはただただ、繰り返した。

＊＊＊＊＊

記録上はじめて皇族に生まれた白人であるヤサカは、生後数か月と経たぬうちに天司の地位に据えられた。以降は天ツ門の本拠に閉じ込められて、ただひたすらに修行の日々を送ってきた。

フシの御山の麓で起きた奇跡の話が天ツ門に届いたのは、ヤサカが十の頃であったか。

瑞兆の皇女と言えど子供。事実上の天司は先代が務めていた。その先代が、奇跡の正体を見極めるべしとして修行中のヤサカをヤノオオス家に送り込んだ。

それ以来、ヤサカは大半の時間をヤノオオス家で過ごしていた。天ツ門にしてみれば、年若き天司は修行だけをしていればよく、ヤノオオス家の呪いに向き合うことは決してその方針に外れていなかったのである。

七年に亘ってヤノオオス家と関わってきたヤサカだが、当主であるアシナオウのことは未だに理解できない。

解呪に失敗して状況を悪化させたと報告すると、アシナオウは腹を抱えて笑った。娘の命に係わる失態だというのに……。

「何が、おかしいのです？」

上座に腰掛けたヤサカは、苛立ちを抑えて問いかける。

「いや、なに。その際の騒ぎを想像してしまってな。くくく。しかし、そなたが仕掛けたからには勝算は確かであったろうに、何故かくも無様な結果になったのか？」

それはヤサカが聞きたかった。いったい何を間違えてこうなったのか。途中までは確かに成功が見えていた。突然形代が暴れ始めるまでは。ただ呪いを肩代わりするためだけの単純な形代が術者を襲うなんて……。

理解できない綻びが、全体へと広がって、歯車を狂わせた。

何故？

思い返せば、反省点はいくつかあった。

まずはクシナへの配慮が足りなかった。彼女はただ座っていればよいのだからと、説明もそこそこに儀式を始めてしまった。クシナの動揺も無理からぬことだった。

マガツとの連携も甘かった。マガツはただヤサカに力を貸与するだけでよいと考えて、やはり説明が不足していた。

さらにはヤサカ自身も浮ついていた。自分一人で行えないような儀式を行う高揚と、目前に迫った成功を摑もうという焦燥に、平静な心持ちではなかった。

だがそれらを加味してもなお、形代の暴走は説明がつかない。

「まあ、何度でも試せばよかろうさ。同じ条件を揃えればよいのだろう？」

「蛇はもう学習したでしょう。同じ手にはかかりますまい」

「ほう、それは残念」

残念そうとは聞こえなかった。アシナオウは実に愉快そうに、儀式の状況を根掘り葉掘り、ヤサカに問うた。

「くくく、なるほどのぅ。さすがはヒサギ皇女。まさに術を扱うがために生まれたようなお方、天司の中の天司よ。だが、生まれながらの素質がゆえか。誰よりも術の才能と知識を持ちながら、呪いの要をわかっておらぬ。実に初々しいのう」

ひとしきりの話を聞いたアシナオウは、鼻を鳴らしてそう言った。

「そう言うヤノオオス公は、もしや呪いに一家言おありで？」

「儂に術の理屈はわからぬ。とは言え、御国にあってもっとも古く尊い家柄の一つを預かる身ゆえ、自然とそれらに触れておる。祝福をされたことはないが、呪いであれば数限りなく見て、感じておる。付き合いはそなたよりも長く、深いぞ」

「その長く深いお付き合いで、あなたは何を見て、感じたというのです？」

「そなたが目を逸らし、感じぬふりをしているものよ」

アシナオウは謳うような口調で、謎かけめいたことを言う。

「それと向き合わぬ限り、そなたが呪いを解き明かすことはあるまいよ」

「私に見えていないものがあるなら教えてください」

「自ら気付くがよい」

アシナオウは嘲るような声で答えた。

「娘の命が懸かっているのですよ？」

「かまわんとも」

冷やかな答に、ヤサカは絶句する。

「……娘を助けたいとは思わぬと？」

「儂の娘に生まれたが運の尽きよ。運も実力のうち。そして実力なき者が滅びるは世の必定ぞ」

「あ、あなたに情はないのですか？」

「そなたに言われとうはないわ」

つまらなそうに、アシナオウは応じた。

ヤサカが上座、それも上段に腰掛けている。それなのに、見下ろされているのは明らかにヤサカのほうだった。

「まあ、よい。くだらん演目ではあるが、退屈はせぬだろうて。若人たちの奮戦を肴に、儂は酔いどれておるとしよう」

アシナオウはふらりと立ち上がり、礼の一つもなく踵を返す。無礼な振る舞いを咎める気は起きなかった。咎めるべきことは、ほかにいくらでもあるのだから。

「そういえば、ヒサギ皇女はマガツのことをどう思っておるのだ？」

ふとアシナオウは足を止めて、珍妙な質問を投げかけてきた。

「よい人物だと思いますよ」

ヤサカは率直に答える。

「非常識なところが多いので危なっかしくて目が離せませぬが、愚物というわけではないので不快感はありません。無邪気奔放、唯我独尊。それでいて人の話を聞き、人から学ぶことができるのはなかなかに見事です。鈍いところが玉に瑕と思えば時折奇妙に鋭いところも見せます。何とも底の見えない青年ゆえに、つい覗き込みたくなるような……」

「多弁だな」

アシナオウは嘲笑を含んだ声で言った。

「質問をしたのはあなたでしょう。……それで、何の意図が？」

「皇女よ、己に足らぬものを見つけたければ、マガツを観察するがよい」

アシナオウは答にならない言葉を吐いて、軽快な足取りで部屋をあとにした。

その背を見送って、ヤサカは己の手に視線を落とした。

たしかにマガツはヤサカの知る術の体系では測りきれない力を持っている。だがそれは一般化できるものでもなければ、再現性のあるものでもない。莫大な神通力を使って己の感情の欲するがままに望みを実現する力技。論理もなければ倫理もない。瞠目すべき能力ではあったが、そこから学び取れるものはなかった……はずだ。

あるいは、ほかに、見るべきものが？

マガツの姿を思い描いた時、わずかに上がる体温と、高鳴る鼓動。ヤサカは無意識のうちに、これらをないものとして扱った。

現人神《あらひとがみ》として祀り育てられた彼女にとって、それは未知の感情であった。

花の嵐

　肩にかかる温かな重みに、マガツは小さく息を吐く。マガツにもたれて、クシナは苦しげな寝息を立てていた。

　形代の儀式が失敗して以降、クシナに巻き付いた蛇は日々締め付けを強くしていた。クシナは常に苦しそうで、しばしば気を失うように眠りについた。マガツはクシナに取り憑いた蛇体に手を回す。マガツが触れると、蛇はわずかに力を緩めた。

　クシナを抱き上げて褥《しとね》に運ぶ。目が覚めている時には気丈に振る舞っているが、眠ってしまうとやつれた様が露わになった。その顔をしばし無言で見つめたあと、マガツはおもむろに部屋を出た。

　このところ、マガツは一日の大半をクシナの傍で過ごして、彼女を締め上げる蛇体を宥めていた。

　クシナから離れたわずかな時間、マガツは縁側に腰掛けて細い柱に頭を預け、眠たげな眼でぼんやりと庭を眺めていた。解けた雪の残した透明な雫が、萌え出でた若葉を輝かす。清らかな光が目を焼いた。

「カワムラ、カワムラ。聞いてもよいか?」

突然声をかけてきた主を、カワムラは飛び出した大きな目で見上げた。

「マガツ様、マガツ様。カワムラめに何を問うのでしょう?」

「最近、時折体の具合がおかしくなるのだ」

「なんと!」

カワムラは目を剝いた。

「マガツ様に万一のことがあってはなりませぬ！　急ぎしろへび様にお伝えを——」

「待て待て、全て聞け。たしかにおかしいのだが、不思議と不快ではないのだ。むしろ、何やら気分がよい」

「どのようにおかしいのですか」

「心の臓が妙に大きな音を立てる。体の熱を伴うことが多い気がする。それに、恍惚とした心地になる」

薬物中毒であろうか、とカワムラは心配になった。クシナを安らがせるために焚いている香に妙なものが入っているのかもしれぬ。

「どのような時に症状があるのですか?」

「どのような時……。うむ、とりあえず今はない。だが、先ほどは本当にどうかしてしまうのではないかと思っておった。クシナが眠ってしまって、寄りかかってきただろう？　あの時、実は私も目を回しておったのだ。さすがに言い出せなんだが」

「ああ、マガツ様、おいたわしや！　一緒に横になればよろしかったのに！」

「うむ、なので少し休もうと出てきたのだが、そうすると不思議に収まるのだ。……思えばクシナの傍にいなければなんともないのだが、しかし離れてしまうとそれはそれで不安でな。クシナの傍にいたくなる」

「あの小娘、瘴気でも発しているのではありますまいか」

「そんなわけなかろう！　そなた、無礼だぞ！」

　マガツは唐突に怒りだした。おや、とカワムラは喉を膨らませる。

「マガツ様、マガツ様、カワムラは思い付きましてございます」

「何をだ？」

「マガツ様の不調の原因にございます。思えばマガツ様は雄、そして成体にございます。そしてクシナめは雌の成体。加えて今や春。ええ、春にございます」

「何を言うておるのだ、カワムラ」

「マガツ様の不調の原因、それは生殖本能にございます」

　カワムラは断言した。

「生殖本能とな？」

「はい。生きとし生ける全ての者が持ち合わせておるものにございます。かくいうカワムラも、神の眷属の身にありながら、この季節には歌いとうて歌いとうて堪らないのでございます」

言っているうちに本当に歌いたくなって、カワムラは喉を広げて蛙の歌を響かせた。

マガツは迷惑そうに指で耳に蓋をする。

「私は歌いたくはならぬぞ」

「では、前足の内側にこぶのような突起ができてはいますまいか？　ガマメの一族はそのような形で恋の準備をするらしゅうございます」

「ない」

マガツは手首の骨をさすって、きっぱりと答えた。

「ふむむ？　では、体中の皮膚が弛んできたりはしませぬか？　流れのタゴ一族などは皮膚を弛ませて空気を孕み、川底に潜んで雌の訪れを待つと伝え聞きまする」

「弛んでおらぬと思うがなあ」

「む、むむ……なんと面妖な。これはカワムラめの早合点かもしれませぬ」

「カワムラ様、マガツは蛙ではありませんので、そのような繁殖期特有の形態変化は起こさぬと思います……」

澄んだ声が一人と一匹の会話に割り込んだ。

「むむ、何だ小娘。では貴様にはマガツ様の状況がわかるというのか」

「カワムラ様の診断のとおりでは？　恋の病というものです」

「病、なのか？　どの薬草が効くのであろう？」

「効く薬草などありませぬ。治るものではありませんからね」

どこか冷やかにヤサカは答えた。

「で、では私は死ぬのだろうか。クシナを残して……？」

「ご安心なさりませ、マガツ様。恋煩いとわかれば、簡単に治るものにございます」

カワムラは大きな目を瞬かせた。

「要は、恋を成就させればよいのです。まずはクシナめの背にしがみつきなさいませ」

「何故？」

「しきたりにございます、マガツ様。そしてしがみつきましたらば、あとは産卵の時をひたすらに待つのでございます」

「産卵の時を……？」

何かおかしいのではないかと思いつつ、マガツはカワムラの言葉を聞く。

「そして卵が産まれましたなら――」

「この状況で猥談に花を咲かせるとは、なかなかに大胆でございますね」

ヤサカはカワムラに白い目を向ける。

「……余計なことをしていないで、少しお休みなさい」

「そうか。うむ、別にたいして疲れておらぬ。体調も戻った」

「ならば修行をなさい。クシナを救う方法を、考えなければ」

ヤサカのほうこそ疲労の色が濃かった。彼女の部屋は広げた巻物や書物、発想を書き散らした紙などが散乱し、使いかけの薬草が積み上げられている。元より赤い目は白目までもが赤くなり、縁を隈が彩っていた。常に苛立っていて、時折遠い目でマガツの姿を追っている。

「そなたこそ休んではどうか？　何か、こう……よい考えが浮かびそうな風情には見えぬが」

「私には休む暇などありません。刻限はどんどん迫っているのですよ！」

ヤサカは叫んだ。赤い目が水気を帯びて揺れる。その声に自分自身で驚いたように目を瞬かせて、ヤサカは咳払いをした。

「失礼しました。あなたに当たっても仕方のないことでした」

ヤサカはすとんとマガツの隣に腰掛けて、目を伏せた。

「私の知識を総動員して解決を図りました。でも何も思いつかないのです。……マガツ、あなたの力を貸してください」

「無論だ」

「では、私の話を聞いて、疑問や提案を逐一口に出してください」

ヤサカは手櫛で髪を梳き、深呼吸を一つして続ける。

「呪いを祓う手法は、大きく三つ」

ヤサカは白い指を三本立てた。

「一つには、呪いを正面から解くこと」

ヤサカは指を一本折った。

「術の詳細を看破し、手順に従って解くのです。これはもっとも美しく危険の少ない、基本的な解呪法ですが、実際には難しい。この呪いはあまりに複雑に、有機的に絡まり合っているからです。なので、この手段は考えないこととします」

ヤサカは二本目の指を折る。

「一つには、手順を無視し、力づくで呪いを破壊すること。先日失敗した儀式がこれに当たります。呪いをクシナから引き剝がしたうえで攻撃する心算でしたが、果たせませんでした」

「異なる策を用意できぬものだろうか？」

「呪いを断ち切るだけであれば、どんな方法もあり得ます。ただ、こうも複雑な呪いとなると、クシナの安全を確保しつつ断ち切るのは難しいのです。たとえば、カワムラ様が細い糸で雁字搦《がんじがら》めになっていると想像してみてください」

「待て、小娘。何故カワムラが雁字搦めにならねばならんのか！」

カワムラの抗議の声を流して、ヤサカは先を続ける。

「糸をたぐりながら、ゆっくりと絡まりを解いていけば、カワムラ様は無事に済むでしょう。しかし力任せに引っ張ったり、適当に切ったりすれば締め上げられ、あるいは怪我をします。最悪の場合、糸を解こうとしたがためにくびり殺すことになってしまうやもしれませぬ」

先日の失敗を思い出したのか、ヤサカの表情が曇った。

「すぐにも実行可能な策を思いつけば試す価値もありましょう。ですが、案も時もございませぬ……」

マガツは天を仰ぎ、眉を寄せた。

「二つまでが行き止まりか。では、三つ目は？」

「もっとも簡単で、もっとも単純。術師を探しだして倒すなり脅すなり説得するなりの手段で術を解かせる方法です」

「現状ではそれがもっとも現実的、ということになるのだろうか？」

「ええ。呪いはゆえなくかけられるものではありませんから、術者は必ず呪われた者の関係者の中にいるはずなのです。ただ、七年に亘って探させているにもかかわらず影すら捉えられぬ者が、今になって見つかるかどうか。痕跡を残さずに為せるような業ではないのですが……」

神秘の力が濫用されぬように目を光らせるのも天ツ門の役目である。術を統括し、術者や器物を管理し、奇妙な事象を調査し、あらゆる神秘を蒐集《しゅうしゅう》する。その天ツ門の長であるヤサカの情報網をもってして何も見つからないことがありえるのか。

「よほど慎重に行動しているのか、あるいは私が何か見落としているのか……」

ヤサカは額を押さえる。

「それほどの術なのか？」

「一般的に、呪いに必要な神通力は対象の神通力に比例します。そして高貴な血には強い神通力が宿るもの。天帝の血も濃きヤノオオス家にこれほどの呪いをかけうるのは、天ツ門が把握する限りわずかに数人です。もちろん、その中の誰でもありません」

「では術を扱う能力はさておいて、動機のある者を調べてはどうか？」

「……ヤノオオス家やアシナオウに恨みのある人間を挙げればキリがないですよ」

二人の溜息が重なった。手段からも動機からも、術者の姿に迫ることはできなかった。

「のう、ヒサギ。一連の呪いが全て同一人物によるものであるとして、いつ始まったのだ？」

マガツの質問に、ヤサカは難しい顔をした。

「少なくとも七年より以前から、です。私が関わるよりも前のことは定かでありません」

しかしあるいは、とヤサカは続けた。

「十七年前の大地震から、かもしれませんね……」

「なんと？　大地震も呪いの一部と？」

「そう、ですね。その可能性もあります。あるいは、きっかけになったのかも。大地震やその後の飢饉によって生まれるやり場のない負の感情。それを利用する者があったか、負の気そのものが魔を招いたか……。もしも後者であれば術者は無数にいることになり、三つ目の対処は不可能です」

もっとも、可能性は低いとヤサカは言った。

「あまりにも陰湿ですから」

複数の民の無意識によって形を為した呪いは直接的なものとなる傾向にある。ヤノオオス家を襲う呪いの複雑さを思えば、個人で行っていると考えたほうがよい。

「その呪いというのは、一度発動させれば解かない限り術者が何もせずとも継続されるのだろうか？」

「呪法は星の数ほどありますからなんとも言えませぬが、少なくとも私の妨害に対応して行動を変容させたことはありません。意識的に操っているわけではないでしょう」

「つまり、術師であるからと言って日頃から不審な行動をとっているとは限らないわけか」

「そうなりますすね」

ヤサカは天井を見上げて息を吐いた。

「……三つ目の道に関しては術師探しの範囲を広げるように指示を出して、それらしい人物が見つかるのを期待して待つしかありませんね」

それは結局、話し合いの前に持っていた認識を再確認したにすぎなかった。だが、なんとも奇妙なことに、それだけでヤサカは幾分か気が楽になった。

「時間はどの程度あるのだろう？」

ぽつりと呟いたマガツの声には、深い不安が滲んでいた。

「いつ、その時が訪れても不思議はありません」

固い声でヤサカは答えた。マガツは唇を引き結んだ。

「そんな日を迎えてなるものか」

「同感です……」

白い掌に爪を喰い込ませて、ヤサカは呟いた。赤い目に、激しい炎が燃え上がった。

あの子は何人目の犠牲者だっただろうか。弟の死は意外でも何でもなくて、特に思うところもなかった。

そんな自分を棚に上げて、一つ年上の瑞兆の姫をクシナは畏れていた。守りから零れた弟の死は、ヤサカの心を少したりとも動かさなかったのだ。

「また一つ呪いの正体に迫ることができましたね」

一人、また一人。命を取り零しつつも、数限りなく降り注ぐ呪いを一つ、また一つと解体し、対処法を定めてゆく。死にゆく者を数字と捉え、ただ暴くべき呪いを見据える。そんな彼女を見て、その忌み名を思い出さずにはいられなかった。

「あの子は、亡くなったのですよ」

責めるようなクシナの言葉に、ヤサカは少し驚いたような顔をした。精巧な人形のようだった彼女が、初めて見せた人間らしさだった。

あれ以来、彼女の忌み名を意識したことはない。


とろりとした眠りから這い出して薄目を開く。冷やかな月明かりに照らされて煌く神々しい銀の髪が、滲んだ視界に映った。

「……ヤサカ、様」

クシナが目覚めたことに気が付くと、赤い目が笑みの形に細まった。

「目が覚めましたか？」

「私、また……」

「半日眠っていましたよ。目を覚ますには遅い時間です。もう少し眠ってはいかがですか？」

「ヤサカ様は、ずっとこちらに？」

「マガツと交代しながら、です」

「マガツは……」

「仮眠をとっています。平気だと言っていたけれど、横になったら途端に眠りこけてしまって。まるで子供なのだから」

くすくすとヤサカは笑った。マガツのことを語る時、彼女の赤い目に温かなものが灯る。酷く苦しくなって、クシナは顔を歪めた。

「クシナ？　苦しいのですか？」

すぐにヤサカが問うてくる。向けられるのは純粋すぎる親愛。穢れのない彼女に照らされて、自分の醜さが浮き彫りになる。それが堪らなくつらい。

「ヤサカ、様。あの……マガツがあなたのことを、その、別の名でお呼びしていましたよね」

「ああ、聞いてしまいましたか。かまわないのですよ。ヤサカでも、ヒサギでも、好きに呼んでくださいな」

「ヤサカ様とお呼びします……」

クシナにとって、彼女はヤサカでしかありえなかった。不吉な未来を暗示する名は彼女に似合わない。本当に酷く、嫌な名前。

それなのに、マガツがその名を呼ぶ声は、温かなものに満ちていた。二人の間にだけある何かを感じて、そのせいで、クシナはとんでもないことを……。

口に出したくはなかった。思い出すことさえ嫌だった。あの時のことを思うと、胸が苦しくなる。けれど言わないままヤサカやマガツと別れるのは、それよりもずっとつらいことだ。

「ヤサカ様。ごめんなさい……」

ヤサカは不思議そうに首を傾げた。クシナの醜さを想像すらしない清らかさが眩しかった。

「あの儀式の時、私、私は……ヤサカ様に、嫉妬を……」

声が震えた。熱を宿した目がたちまち潤む。

「嫉妬、ですか？」

ヤサカの赤い目に、驚きの感情が宿る。彼女は人の世の穢れと無縁の現人神。人の醜悪さを煮詰めたような感情を知るはずもない。そう思うとますますクシナの口は重みを増した。

「マガツがヤサカ様のことを親しく呼ぶ声を耳にしたら、つらくなって、苦しくなって……儀式の失敗は、私のせいなのです。私が嫉妬心を持ったせいで形代が暴れて、儀式を失敗させてしまったのです」

　儀式を失敗させたのは自分だ。それを知りながら、自責の念に苦しむヤサカに本当のことを告げなかった。なんて酷い。なんて、ずるい……。

「そんなことを気に病んでいたのですか……」

　ヤサカの声は穏やかだった。

「形代があなたの心の動きに合わせて私を襲うなんて、ありえないことですよ」

「で、でも……」

「そう見えたかもしれません。けれどそれは気のせいです。もちろん、ヤノオオス家の娘であるあなたは高い神通力を持っています。でもね、神通力で形代を動かすのは難しいのですよ。訓練もせずにできることではありません。あれは私の不明が招いた事態です」

　優しく、温かく、諭すように、ヤサカは告げる。彼女はわかっていない。穢れぬものとして守り育てられてきた純白の天司。彼女はクシナの中にある醜いものを、その強さと深さを、決して理解してはくれないのだ。

「それにしても、マガツも隅に置けぬこと」

ヤサカは優しく笑う。

「想いは告げましたか？」

「え？　あ、いえ。おくびにも出していない、つもりです。私はもう……」

「クシナ、悲観的になってはなりません。心が体に及ぼす影響はとても大きいと申します。将来への思いを自ら断ち切って回れば、ますます呪いに力を与えてしまう。どうか、諦めないで……」

ヤサカの励ましに、クシナは一つ、疑問を覚えた。

「ヤサカ様は、マガツのことをどうお思いなのですか？」

「私はそういったことは、よくわからなくて……」

困ったように笑うヤサカに抱いた感情を自覚して、クシナはいよいよ自分が嫌になった。

ミシミシと、醜いクシナを罰するように、体に纏いつく圧迫感が重みを増した。黒々としたクシナの内側を外に絞り出そうとするかのように。思わず顔を歪めると、ヤサカが手を掲げて、クシナの上で揺らす。あの蛇に触れているのだろうか。いつもはすぐに楽になるのに、今日は何も変わらなかった。ヤサカから戸惑いに似た気配が立ち昇る。

「すまぬ、寝過ごしてしまったようだ。入ってよいか？」

部屋の外からマガツの声がした。

「ああ、マガツ。ちょうどいいところに。蛇を落ち着かせてください」

すぐにマガツが部屋に入ってきて、ヤサカと同じようにクシナの身体の上の空間を撫でた。少しだけ、楽になった。クシナは大きく息を吐く。

「よかった。……では、私はこれで。少し休みます」

ヤサカはクシナに目配せをして、そそくさと部屋を出ていった。クシナはそっとマガツに視線を移した。しまい込んだ心が、熱を宿して膨れ上がる。

「マ、マガツ……あの、あの……！」

「うん？」

マガツは優しい笑顔をクシナに向ける。

「その……あの……」

膨れ上がった想いは咽につかえ、胸を圧迫する。苦しい。この想いを全て吐き出してしまいたい。逆る想いを理性が留める。先の短いクシナが想いを告げることはマガツの苦しみにしかなりえないのだから。

「熱があるようか？　少し待っておれ。ヤサカを呼び戻そう」

「ま、待って！」

あっという間に部屋の入口まで移動してしまったマガツを、必死に呼び止める。マガツは怪訝そうに振り返った。

「ヤサカ様は、お疲れのようだから……」

「そうは言っても、私一人では不安だし」

「大丈夫よ。元気だから……」

「そうか？」

マガツは不安そうにクシナの枕元に戻った。クシナは思わず笑った。身軽で、元気で、じっとしていない。すぐにどこかへ行ってしまう。そんなマガツが、愛おしい。

掛布団から手を出して、マガツの手を握る。思いもかけないほど温かかった。

「クシナ？」

マガツがクシナの顔を覗く。正面から見た黒い瞳は、静かな夜を閉じ込めていた。

――将来への思いを自ら断ち切って回れば、ますます呪いに力を与えてしまう。

ヤサカの言葉をよすがに、勇気を掻き集める。

「……好きです」

「え？」

擦れた呟きに、マガツは戸惑いを示した。

「あなたが、好きです。マガツ！」

精一杯絞り出した声は、確かにマガツの耳に届いた。マガツの目に浮かぶ迷いを、クシナは息をつめて見つめた。

「……私もだ」

やがて、マガツは穏やかな声で応えた。

「私はそなたに、恋をしているらしい」

蛙が鳴いた。マガツがぎこちなくクシナの手を握った。心地よい温もりに包まれて、悲壮感が消えてゆく。

「……きっと元気になります。だからどうか、待っていてください」

「そなたこそしばし待て。その呪い、私が必ず解いてみせる」

目から熱が溢れて、頬を伝う。この瞬間、クシナはとても幸せだった。怖いくらいに。

＊＊＊＊＊

部屋に戻る途中、胸に違和感を覚えて、ヤサカは足を止めた。

煌々と照る月を見上げる。冷たさの残る風が、髪を一筋、後ろへ攫った。

クシナとマガツとの間に流れる繊細な雰囲気に気付いていなかった。年頃の男女。命が懸かる状況下での濃密な関わり。クシナは幼い頃の出会いをよく覚えていて、事あるごとに饒舌に語ってくれた。マガツも幼いクシナのことをしっかりと記憶に刻んでいた。顔を合わせた瞬間に、かつての出会いからその日までの時間の経過は埋められていた、二人だけの世界を形成していたではないか。

クシナは想いを告げただろうか。

こうなる下地は十分にあったのに、自分はなんと愚かだったのか。無知で、鈍くて……。

苦しい。

ふと、そんな言葉が浮かんだ。目から何かが溢れ、頬を伝って流れ落ちる。乱暴に拭うと、ますます量が増えてしまう。

何故こんなものが流れるのか、ヤサカにはわからなかった。

夜の帳を踏み分ける人の声にびくりと身を震わせて、何を考えるよりも前に逃げだした。足早に部屋に戻り、襖を閉める。月明かりを遮断された部屋は真っ暗になった。

懐から火打ち石を探りだして、燭台に近づける。灯りは点らない。

「どうして……？」

力を送っているのに、火打ち石は火を生まない。心が乱れているのだと気付くまでに、何度繰り返しただろう。力の制御が上手くいかない。これまで一度としてこんなことはなかった。それだけに一度できなくなると、これまでどうしていたのかわからなくなった。

「こんなことじゃ困るのよ……」

自分の声が無様に震えているのが信じられなかった。

「術が使えないと、クシナが……」

どれほど力を込めても、術は発動しなかった。元より術の触媒として持ち歩いているだけなので打ち金がない。火を持ってこいと申し付けるのも憚られた。

仕方なくヤサカは襖を開けて、差し込む月明かりの下で膝を抱えた。

自分が何に動揺し、何に苦しんでいるのか。考えれば考えるほどにわからなかった。ともすれば思考の隙間を縫うようにして、マガツの姿が心に浮かぶ。邪気のない笑顔、並びのよい白い歯、子供のように無垢な心。

胸の痛みがいよいよ増した。

今、マガツはクシナの傍にいる。ただ純真なばかりの子供のような顔は引っ込めて、広く深く、慈しむような眼差しを青白い寝顔に送っている。

その光景が目に浮かぶと、ふつふつと、邪《よこしま》なものが胸の中で煮え立った。

何故クシナなのか。

想いが言語化された時、ヤサカは愕然とした。

ヤサカは今、妹も同然と思っていたはずのクシナを、心の中で貶めた。自分と彼女を比較して、優位を取ろうとした。その優位をもって、マガツの迷妄を責め立てた。

「嘘だ……嘘だ！」

自分に言い聞かせる声には、涙がかかっていた。

こんなものが、自分の中にあるはずがないのに……

自分自身に打ちのめされて、暗がりの中、ヤサカは身を抱いて啜り泣いた。

呪いの子

淡く色付く花が一つ、黒々とした枝の先に開いた。そう思っていると、間もなく木は全身に薄い花化粧をして、庭を美しく彩った。どうやら山にはない花だったようで、マガツはとても喜んで、枝を一本手折ってクシナの枕元に飾った。

子供のように目を輝かせるマガツの姿を愛しく思って、クシナは微笑した。

「む、どうしたのだ？」

「何だか新鮮で。毎年庭に咲く花としか思っていなかったから。……こんなに綺麗だったのね」

花は次々と開き、美しさを増してゆく。毎年見てきたはずのものが、こんなにも眩しかったなんて。次の年も、そのまた次の年も、蕾が膨らむのをこの目で見たい。

当たり前と見過ごしてきたものが、マガツを通して見ると異なる輝きを宿す。それがあまりにも楽しくて、尊くて、手放したくない。

たっぷりと時間をかけて諦めた命だったのに……。

　布団から伸ばした手を、マガツがそっと握る。冷えきった体に体温が注がれるようで、心地よかった。

「元気になったら、またフシの御山に登ろう。山頂の花畑は今も咲き乱れておる。母上にも改めて紹介したい」

「渦に巻かれないかしら」

「あの時は母上もお怒りだったから……」

　七年と少し前。マガツと初めて出会った日のことを思い出す。一人でフシの御山に登ろうとして、遭難して、マガツに助けられた。

「九歳の子供には過ぎた冒険だったわ」

「ああ。だが、そなたの行動でツマグシは救われた」

「……ツマグシを救ったのは、あなたよ」

　マガツと重ねた手に力が入る。

「何を言うか。そなたが湖に願ったから――」

「願っていないの」

　クシナは掛布団を引っ張り上げて、マガツとの間に壁を作った。

「クシナ？」

「私ね、自分だけは助かりたいって、湖に願ったの」

当時、すでにヤノオオス家は死に覆われていた。クシナは死を恐れた。だから頂の湖の伝説を知った時、縋らずにいられなかった。

「私の話を途中まで聞いたところで、あなたが言ったのよ。妹を助けに来たんだろうって。驚いたわ。だって私には、そんな発想なかったのだもの」

そんなに優しい祈りが、美しい願いが、ありうることに気が付いた。そして自分の醜悪さに震えた。マガツの思い込みを訂正することはできず、かといって自分の願いを正すこともできなかった。

「あの頃の私は、ツマグシのこと何とも思っていなかったの。あの子のお母さまは身分のない方だったから、あまり大切にされていなかったのね。私も、大切に思っていなかった……」

自分だけは助かりたい。その願いは叶うことなく、ツマグシは息を吹き返し、クシナは死の床に伏している。

「……幻滅した？」

「馬鹿を申せ。自分の身を第一に考えるのは当たり前のことだ。それに、そなたが来なければ、やはりツマグシは救われなかったし、私もここにはいなかった」

マガツはどこまでも優しかった。醜さを許し、受け入れ、清めてくれる人。

「ありがとう」

掛布団から顔を出す。熱を宿した視線が絡み合う。繋いだ手を介して互いの脈拍が重なる。無音の中で、鼓動だけが時を刻んでいた。

もどかしくも永遠に続いてほしいようなその時間は、唐突に響いた蛙の声にかき消された。

「何？　池に移動しろ？　何故だ？」

マガツが混乱したように肩の蛙に問いかける。蛙は喉を膨らませてしきりに何かを言っていたが、マガツはただひたすら困惑していた。

「カワムラ様……大声で卑猥な発言をなさらないでください」

ヤサカの呆れたような声が聞こえた。ちょうど昼餉を持ってきたようで、手にした盆の上では薬草の匂いのする粥が湯気を立てていた。蛙は怒ったように大きな声で鳴いた。

「ですから、それは蛙の繁殖行動です。マガツは人間なので……私からは教えませぬ！」

突然のヤサカの剣幕に、マガツと蛙が同時に跳ねた。ヤサカは咳払いをしてクシナの枕元に座った。

「調子はいかがですか？」

「ヤサカ様……調子はいいです」

マガツに手伝ってもらって半身を起こす。蛙が大きな声で鳴くと、ヤサカがすぐにそれを咎め、マガツが意味を問いただしてヤサカを慌てさせる。クシナには蛙の言葉がわからない。二人と一匹の中に身を置くのは居心地が悪かった。それに気付いたか、ヤサカは咳払いをして話題を転じた。

「食事はできそうですか？」

食べたくない。そう言っても食べなければならないと諭されることはわかっていたから、クシナは小さく頷いた。差し出された粥をもそもそと口に運び、嚥下する。苦みと臭みばかりが口の中で増幅され、胃の中でふつふつと湧き立つようだった。

ただ粥を呑むだけの作業で、クシナは酷く疲れてしまった。再び横になると、あっという間に眠気が意識を覆い尽くした。

霞んだ視界の中で、枕元に置かれた花の枝が奇妙なほどに鮮やかだった。

マガツの手折った枝は枯れることを知らず、ほの白い命の輝きを帯びて、クシナの枕元を彩っていた。

日に日に食が細くなり、やつれてゆくクシナの姿に、何もできない無力感が募る。

もはや彼女の胃には粥すら重い。死は彼女のすぐ傍らに佇んで、冷たい腕を伸ばしている。それを振り払ってきた力を、ヤサカは喪失した。

クシナの枕元で輝く花に目を向ける。

元の木が次々と花を咲かせ、古い花を散らせる中で、マガツの手折った枝は時を忘れたように、木を離れた瞬間の姿を維持していた。ツマグシの髪に輝く一輪の花と同じに。

マガツ本人にそのような意思はなかったのだろう。意図も儀式もなくこれほどの術を成立させうる規格外の力を持っていて、それでもクシナの呪いを解くことはできなかった。

掛布団の外に出た細く白い手を、マガツの手が優しく包んでいる。その光景に、ヤサカの胸がざわついた。爪が掌に食い込む。邪なものが腹の内でのたうち回る。

「怪しい者は見つかったか？」

マガツの声には焦燥が滲んでいた。のたうつ感情を理性で縛り上げ、平静の鎧をまとって、ヤサカは口を開く。

「呪法、人物、物流……思いつく限りの方面から虱潰《しらみつぶ》しに調べていますが、手掛かりの一つも摑めませせぬ」

「物流？」

「ええ。強力な呪物があれば術の難易度を下げることができますからね。天ツ門に呪物の流通の記録を当たらせています。ただ、七年以上も前のことですし、調べねばならない期間もはっきりしていません。それに、天ツ門の目の届かぬところでの取引もあるようです」

「……そう言えば、生贄に使うのに人を売買しておるという話を聞いたことが――」

「どこで？」

ヤサカが鋭く問うと、マガツは少し迷ってから、口を開く。

「色街で――」

「色街？」

ヤサカが眉を寄せると、マガツは怯んだように首を竦めた。

「あ、ああ。オキノイシの色街で一番大きな店の主人のマンジュシャゲという女人が、そのような話をしておった」

「すぐにその人物を調べます。マガツはクシナの傍にいてあげてください」

マガツの返事も待たず、ヤサカは急ぎ足で部屋を出る。肩にカワムラが跳び乗った。

「付いていってやる。早う用事を済ませて戻るのだぞ、小娘」

あからさまに不機嫌な声でカワムラは言った。

「別にご一緒いただかなくともよいのですよ。マガツの元へ戻られては？」

「それは困る。マガツ様のご命令だ。お前と共に戻らざるをえない」

「……そうですか。カワムラ様もマガツと共に件《くだん》のお店に参られたのですか？」

「カワムラは常にマガツ様に随行しておる。その場所にも行っておったに違いない。恐らくは臭い煙を吐くあの女の居城のことであろう」

やはりもう少しマガツの話を聞いてから来るべきだった。ヤサカは臍《ほぞ》を噛む。マガツから色街の話など聞きたくなかったし、二人のいるあの場所に長居したくもなかった。

そんな理由で、合理的な判断ができなくなるなんて……。

後悔を振り払って、算段を始める。天ツ門の把握していない裏の物品取引があるとすれば、大規模な摘発になるかもしれない。そんな時間はない。全体の摘発を後回しにしてでも必要な情報だけ浚う手段はないか……。

「誰か、おりませぬか？」

呼びかけに応じて、すぐに下女が駆け付けた。

「天ツ門の者を呼んでください。急ぎ、調査せねばならぬことが――」

「調査など不要である！」

割り込んできた声に、ヤサカは顔をしかめた。下女があからさまに怯えた様子を見せる。

「アシナオウ……」

「ヒサギ皇女のご用向きは儂が伺おう。行け」

下女は逃げるようにその場を去った。ヤサカは腕組みをしてアシナオウをねめつけた。

「何のつもりです、アシナオウ」

「ヤノオオス領で何事かされるのであれば、まず儂にご相談いただきたいものですなあ、ヒサギ皇女」

「術法呪法に関わる物品の調査は天ツ門の領分です。領主の許可は不要のはず」

「ごもっともにございまする。しかし、させるわけにはいきませんな」

ヤサカはスッと目を細めた。アシナオウは口端を吊り上げる。後ろに控えたタケビトが居心地悪そうに体を揺らした。

「以前から疑問に思いつつ、あえて口には出さなかったのですが……天災と凶作が続いているわりに、ヤノオオス領は豊かですね？」

「都の方々に多くの借りを作っておるゆえなあ」

「そうなのですね。何か後ろ暗い方法で資金集めをしているのではないかと疑っておりました」

アシナオウは顎を撫でた。ヤサカは身を固くして、次の反応を待った。

「ふむ、交渉しようか、ヒサギ殿」

「と、言いますと？」

「欲しい情報があるのだろう？　それに関しては全て語るように手配しよう。だがそれ以上の追及はご遠慮いただきたい。天ツ門への報告もなしだ」

「見えている違法を見逃せと？」

「清濁併せ呑むは大人の嗜みぞ」

ヤサカが答えずにいると、アシナオウは溜息を吐いた。

「天ツ門より追求してもかまわぬがな、儂は邪魔をするぞ。困難な摘発になろうな。そなたの欲する情報に届くまで数年を要するやもしれぬ」

「脅しですか？」

「助言だ」

「……いいでしょう。あなたの条件を呑みましょう」

「よろしい」

アシナオウは手を打ち鳴らして頷くと、タケビトに視線を向けた。

「ヒサギ殿をご案内せよ」

タケビトが言葉少なく応じる間にアシナオウはその場をあとにしていた。

「目立たぬ格好でお出ましを」

タケビトの言葉に、ヤサカは憮然と頷いた。

色街の女王、マンジュシャゲ。東の都オキノイシに蔓延《はびこ》る反社会的な者たちの間でかなりの勢力を誇るというその女性は、もともとは親に売られた少女であったという。裏の街では決して珍しくはない出自だった。

遊郭へ落ち、のちに身請けされて自由の身になったことも、特筆するほど珍しくはない。

しかし、その後の彼女は世にも奇妙な経歴を刻んだ。ヤノオオス領を襲った大地震により半壊した街に大金と共に舞い戻り、何をどうしたものか、街と共に再建された裏の秩序に一大勢力を築いてみせたのである。

アシナオウは、そのマンジュシャゲと懇意にしているという。

タケビトとカワムラを伴ってマンジュシャゲの店を訪れたヤサカは、最奥の部屋に通された。長椅子に腰掛けると、傍らにタケビトが直立する。アシナオウに随行している時には影のような存在感しかないのだが、こうして隣に立たれると妙に頼もしかった。

人知れずタケビトを見直していると、廊下からしゃらしゃらと涼しげな音が聞こえた。女が一人、するりと部屋に入ってきた。長椅子に腰掛けたヤサカに対し、床に座って深々と頭を垂れる。頭に盛り付けられた簪が、ぶつかり合って音を立てた。襟首に吸い込まれてゆく剥き出しの項《うなじ》の白さと艶めかしさに、背筋がぞわりと震えた。カワムラが怯えたようにヤサカの髪の中に隠れた。

「面《おもて》を上げなさい」

ヤサカの言葉に合わせて、マンジュシャゲは顔を上げる。分厚い化粧に阻まれて、元の顔はよくわからない。媚びる表情を浮かべているのに、何故か見下されている気がした。

「そなたがマンジュシャゲですね？」

「はい」

短く答えて、マンジュシャゲは再び叩頭した。隠した表情に何が浮かんでいるのか、覗き見たい欲求に駆られる。

「我が身が如き卑しい身分の者のためにおいでくださるとは、恐悦至極に存じます」

「私のほうに用があってのことです」

ヤサカは固い声で答えた。

「ヤノオオス公より聞いているかと思いますが、あなたの力を借りたい。天ツ門の目の届かぬところで、高度な呪術の触媒に堪える呪物の取引があったかどうかを知りたいのです」

「ええ、伺っておりまする」

　ねっとりと、マンジュシャゲは答えた。

「しかしながら、ご期待には沿えませぬ。何しろお求めの情報は十七年も前のこと。当時の私はただの小娘でございましたので、何一つ把握しておりませぬし、このような取引の記録は残りにくいものにございます。ましてあの大地震を挟んでは――」

「待ちなさい」

　ヤサカが制止すると、マンジュシャゲはぴたりと話を止めた。

「誰が十七年前の取引を調べろと言ったのです？　アシナオウですか？　私が知りたいのはアシナオウがヤノオオス公になった頃から七年前までの間の取引についてです。無論、あなたの知る範囲でかまわない。それが何故、きっちり十七年前のことを調べろという話になっているのです？」

「認識に齟齬がございましたようで。お恥ずかしい限り」

　マンジュシャゲは優雅に笑った。実にわざとらしかった。

「心当たりでもあるのですか？」

　マンジュシャゲは頭を下げたまま、動きを止める。簪すらも動かない、完全な制止。空気を探っているような雰囲気があった。

んでいた。

厳しい声でヤサカが言えば、マンジュシャゲは再び顔を上げる。不敵な笑みが浮か

「面を上げなさい」

「呪物の流通という観点では、申し上げたとおり、何ら情報はございませぬ。ですが、それ以外でしたら、多少は」

「……聞かせなさい」

誘導されているような気持ち悪さを覚えながらも、ヤサカは一歩、踏み込んだ。

「では……」

マンジュシャゲは背筋を正した。簪が不吉に鳴った。

「これからお話しいたしますのは、私のように卑しき身分の者にとっては雲の上の、しかし殿下のように至高の身分におわす方には一顧だにする価値もない、二十年近くも前に断絶した男爵家の物語にございます」

芝居がかったマンジュシャゲの言葉に、ヤサカはじっと耳を傾けた。

断絶した下級貴族の話がどこへ続くのか、皆目見当がつかなかった。

「御国の最東、枯れて貧しい小さな土地に、ミチオク男爵領がございました。土地も人心も荒れ果て、財もない。子の多くが幼くして亡くなり、ようやく成人した娘が一人。名をムバタマと申しました。ある日、彼女に一つの縁談が舞い込みました。

　現在のヤノオオス公アシナオウは先のヤノオオス公の三男。家を継ぐことはないはずのご身分。先代のヤノオオス公は東方への勢力拡大の楔《くさび》として、三男とミチオク男爵家との縁談をとりあえずは整えたのでございます。

　悲壮な覚悟をもって縁談に臨んだムバタマは、ヤノオオス家の三男と出会うなり、彼に夢中になったとか。顔立ちはお美しゅうございますからね、アシナオウは。

　ムバタマはアシナオウに執心し、貧しい中からさまざまなものを贈ったそうにございます。舶来の煙管、金箔の扇子、家宝の玉までをも渡してしまったのだとか。

　ちなみに、とお耳に入れておきますするが、アシナオウはヤノオオス家の人間とはいえ、三男。個人の自由にできる財は多くなかったそうです。ところがこの時期から妙に羽振りがよくなり、色街で遊び歩くようになったのだとか。

　さて、ミチオク家はアシナオウを婿に迎えるためにあらゆる準備をしておりました。ヤノオオス家からの支援は約束されておりましたし、大いに背伸びした式の用意を整え、祝いの品も積み上げて、いよいよその日が迫った頃、アシナオウの兄二人が相次いで落命したのでございます。何故に？　さてはて、私から申し上げられることは何もございませぬ。

もちろん、アシナオウに疑惑は降りかかります。しかし何の証拠もありませんでした。限りなく黒と思われつつも、アシナオウはヤノオオス家の次期当主となりました。

こうなると、アシナオウを婿養子として他家に出すわけにはいかなくなりました。また、単に妻としての格もミチオク家では不足でした。

ミチオク家にとっては家命を懸けた縁談。けれど、ヤノオオス家にとって優先順位は高くなく、婚約はあっさりと破棄されてしまったのです。

アシナオウは亡くなった兄の婚約者、ヤノオオス家と同じく四大公家の一柱ソウナハラ家の姫と結婚されました。

一方のミチオク家はと言いますれば、アシナオウの訪れが絶え、絶望の淵に立たされました。ムバタマは財を失った家の中、うず高く積まれた祝いの品に囲まれ、白無垢を抱いて酷く嘆いていたそうにございます。間もなくしてミチオク家はお取り潰しとなり、一家は離散いたしました。

それから少しの時が過ぎ、ソウナハラ家の姫との間に男の御子が生まれ、アシナオウがヤノオオス公となられた、そんなある日。赤子を抱いたムバタマが、ヤノオオス家を訪ねて参りました。そこで何が起きたかは、余人の知るところではございません。

その後、彼女は赤子と共にフシの御山に入り、直後に……ヤノオオス領はかの大地震に襲われたのでございます」

話を終えると、マンジュシャゲは涼しげな表情で口を閉ざした。

「いい加減なことを言うな」

ぼそり、と、タケビトが呟いた。低い声に込められた怒気に、ヤサカは少し驚いた。

「黙っていらっしゃい。あたしはヤサカ様に請われて客観的なお話をしたまでさ。誰が何をどのように見たかなんて、神ならぬ身にはわからないのだから」

「それで？」

食い下がろうとするタケビトを制して、ヤサカは続きを促した。

「その娘の話が、今のヤノオオス家にどう繋がるというのです？」

「おわかりでございましょう？」

「ムバタマがヤノオオス家を呪ったと言いたいのですか？　ありえませぬ」

言うと、マンジュシャゲはくすくすと笑った。

「何がおかしいのです？」

「いえ、そう仰るだろうと、ヤノオオス公が申されておりましたので」

ヤサカの作った渋面を見て、マンジュシャゲはスッと笑いを収めた。

「その娘に神秘を扱う素養はなかったのでしょう？」

「ご指摘のとおり、神秘とはほど遠い存在でございます」

無駄足だったか。結論を下しかけたヤサカの頭の上で、蛙が鳴いた。

「お前、頭が固いんじゃないか」

ヤサカは思わず視線を上に向けたが、当然カワムラの姿は見えなかった。

「カワムラの生まれた池に向かうには、坂や段差がたくさんあるぞ。蛙があの池に辿り着くにはさぞ艱難辛苦が多かろうが、それでもカワムラはあの池で生まれたのだ。親族も続々と増えておる。皆、どうやってか池まで辿り着いておるのだ。道中のことはカワムラも知らぬがな」

「結論ありきで考えてみろ、というのですか？　それはいささか、邪道では……」

「ヤサカ様、邪道も一つの道でございますよ」

マンジュシャゲが諭すように言った。

「たとえば、強力な呪物がムバタマの手元にあったとすれば、どうでしょう？」

「ああ、なるほど。その頃の呪物の売買に関しては、あなたも把握できていないのですものね。ただ、不在が証明できないからそこにあった、などというのであれば、無理がすぎますよ」

「いえ、私が申しておりますのは、存在が仄めかされているものにございます。ムバタマが腕に抱いていた、というもの……」

「まさか……赤子がそうだと言いたいのですか？」

否定的な反応を示しながらも、考えてみる。

アシナオウの血を引く子だとすれば、天帝の親戚。強い神通力を宿していたことだろう。怒りと憎しみに駆られた母の胎内で、呪いの念を注がれながら形を成す命……。

「赤子を抱いてフシの御山に……。大震災は、その直後だったと？」

意識の隅で、何かが蠢いていた。見たくないもの、気付きたくないこと。けれど向き合わねばならないものが、姿を現し始めていた。

「フシの御山……。神出る頂の湖……。大震災は、十七年前……」

一つ呟くごとに逃げ場が失われてゆく。目を逸らすのも、耳を塞ぐのも、限界だった。

「マガツ……？」

強力な神通力を宿し、呪詛に包まれて形を成し、禍《マガツ》の名を与えられた無垢なる命。それはもはや人の形をした呪いではないか。そして頂の湖。神秘の力の吹き溜まりであり、人々の無意識が集まる聖域。呪いの塊となった赤子をそこへ投げ入れれば、不安定な神秘の力はそれに引っ張られる形で一つの意思を形成するかもしれない。

呪いの神を……。

「待って、待ちなさい」

ヤサカは額を押さえた。否定したい。間違いだと叫びたい。こんなことがあってはならない。必ずどこかに穴があるはずだ。その結論を導きたくて、ヤサカは必死で理屈を転がした。

「そう、そもそも赤子を呪物とする工程に無理があります。生命に役割を与えるにはかなりの神通力と、それを扱う技術を必要とします。ムバタマでは不可能でしょう」

その考えに瑕疵《かし》はない。だが、どういうわけかその不可能をもってムバタマの潔白を信じることが、ヤサカにはできなかった。

「ムバタマは、その後どうなったのです？」

「フシの御山への入山後の足取りは、ようとして摑めませぬ。あの地震では、相当数の身元不明遺体が出ましたからねえ」

「見つけてください。褒美はとらせます」

言い置いて、ヤサカは立ち上がる。マンジュシャゲが静かに平伏した。

「……どうしてこのような話を知っていたのですか？」

部屋を出かけたところで、ふと気になって、ヤサカは問いかけた。

「無粋なことを聞かないでくださいまし」

　本心を幾重にも包んでいるようなマンジュシャゲの声が、この時は何故か悲しげに聞こえた。

「朗報を期待します」

　ヤサカは頭巾を目深に被って髪と目を隠すと、帰路に就いた。頭に陣取っていたカワムラの抗議を聞き流して、半歩遅れて続くタケビトへ問いかける。

「そなたはムバタマを知っていますか？」

「……優しく素直な女性でした。当時の私はほんの子供でしたが、ヤノオオス公との仲は良好に見えました。マンジュシャゲ殿の申したことは全て当時の風聞であって、事実ではありません。彼女もよく存じているはず」

　タケビトの声には、静かな怒りが含まれていた。

「親しかったのですか？」

「いえ。ただ、よくしていただきました。あの方が人を呪うなど、信じがたいことです」

「信じる必要などありません。けれど確かめねばなりません」

　とにかくムバタマを見つけなければならない。併行して話を聞かねばならない者が二人。いや、一人と一柱。

　ムバタマを追い詰めた本人であるアシナオウ。

　そして現在頂の湖に座している神。頂のしろへび。

「カワムラ様。しろへび様とは、どのような神であらせられるのですか？」

「知らぬ」

肩の蛙の答は以前と同じに素っ気なかった。

「カワムラはマガツ様に仕えるために役を得た。それ以外のことに興味はない」

「そうですか……」

マガツとは何なのだろう。ふと、ヤサカは疑問を覚えた。

呪具・マガツを使用せずして呪いの神を召喚できるとは思えない。だが奇妙なことにその呪具は、神と召喚者との天秤に載ることもなく、生きて活動している。召喚された神が存在するにもかかわらず。

何かを見落としている。あるいは、これまでの推測の全てが全く見当はずれなのかもしれない。

「アシナオウに話があります。すぐに取次ぎを」

屋敷に着くなり、ヤサカはタケビトを走らせ、一方で自身はマガツとクシナの待つ部屋へと向かう。部屋が近付くにつれ、ヤサカの心は迷いに支配されていた。

全てを伝えて、いいのだろうか。推測が正しければ、マガツはアシナオウの子。それはつまり……。

「カワムラ様、マンジュシャゲから聞いたこと、黙っていていただけませんか？」

ヤサカは小声でカワムラに請うた。

「マガツ様に隠し事をせよと言うか？　なぜだ、小娘」

「マガツのためです」

「ならば是非もないが……」

ヤサカは伝えることと隠すことを頭の中で整理する。

言えるはずがなかった。

マガツとクシナが兄妹だなんて。


探しものは意外にも足元に落ちている。世の中とはそういうものだ。

マンジュシャゲの話を聞いたヒサギは、即座に面会を要求してきた。

どのような話がしたいのか、およそ見当がつく。ゆえに無視を決め込んだ。つまらぬ話を聞く気はない。

「それで、ヒサギ皇女はなんと？」

戻ったタケビトに、アシナオウは問いかける。

「マガツ殿をフシの頂に向かわせるおつもりです」

「ほほう、この筋書きで納得したか？」

「……そのようです」

「それはよかった」

アシナオウは鼻を鳴らした。

神通力の根源たる存在の直系に、瑞兆として生まれた現人神。幼少期より施された英才教育。超常の力を扱う者たちを率い、治める者としての責任感。彼女は常に、理論と正義を重んじてきた。何事からも一歩引いて、裁定者の立場を貫いた。理屈の伴わぬ気付きは無意識的に排除し、帳尻の合わぬ事柄は全て間違いと断じてきた。

世の真理を知り、超常なる力を管理する者として、一見、理想的な姿であろう。だが、彼女が管理する術の中で大きな割合を占める分野。すなわち呪いにあっては、その姿勢では不足だ。

人を呪うのに、理不尽な感情のうねりが伴わぬはずがないのだから。

憤怒、嫉妬、憎しみ、嘆き……。理性を砕き心を壊し、ついには天なる領域にまで噴き上がる感情の偉大さとおぞましさを知らぬ限り、この結び目を解くことはできない。

それを身の内に抱え、その上でなお己を完全に律することができて初めて、天司として完璧と言えよう。ヒサギはただ、それを知らぬがゆえに清く正しいにすぎない。

「これでヒサギ殿も大きく成長されよう。喜ばしいことだ」

しみじみと、アシナオウは呟いた。

「……もっと早くにお伝えすることもできたのでは？」

「伝えたら何か変わっておったか？　これまでのヒサギ皇女であれば、ありえぬ、理屈に合わぬ、と取り合わなかったであろうさ」

「それでも、何かは変わったのではありませぬか？」

タケビトの責めるような声に、アシナオウは鼻白む。

「公は……ヤノオオス家の滅亡をお望みなのですか？」

タケビトの静かな視線を受けながら、アシナオウはアマノハバキリを抜き放つ。さながらヤノオオス家そのもののような刀だ。力無き者を顧みることはなく、賞賛される輝きの下には数多の恨みがこびりついている。

「由緒正しき家柄などと言うがな、そもそもは蛮族の平定で名を上げただけの、由来からして呪われた家よ。滅びてならぬ道理などない。……若かりしあの日に、そう思えておったなら……」

陰鬱な光を受ける目に、わずかに切なげな色が宿る。

「よく目に焼き付けておくのだな、タケビトよ。由緒ある家の滅亡など、なかなか見られるものではないぞ」

花弁が散った

一歩、もう一歩。

いつか来たのと逆方向に、マガツは整備された参道を歩く。

久方ぶりに袖を通した抜け殻の服が、かさかさと乾いた音を立てた。綿や絹に慣れてしまったか、落ち着かない着心地だった。

「落ち着いて聞いてください」

それは昨日の夕刻のことである。マンジュシャゲの店から戻ったヤサカは、深刻な様子でマガツに告げた。

「術者がわかった、かもしれません」

「誰だ？　どこにいる？」

「ムバタマという女性です。どこにいるかまではわかりません。だからマガツ、あなたに探していただきたいのです」

とっさに意味を摑みかねたマガツに、ヤサカは真っ直ぐな目を向けた。

「ムバタマの姿が最後に確認されたのは十七年前のフシの御山。旧参道を登っていったとのことです。頂のしろへび様とお会いしているかもしれません」

奇妙な違和感が胸を撫でた。

「マガツ、頂のしろへび様を訪ね、ムバタマの行方を問うてください」

「か、かまわぬが……母上は人間のことを記憶に留め置かれない。ご存じないと思うぞ」

「ご存じなければそれで結構。疑惑は晴れます」

「疑惑とはなんだ？」

ヤサカは一息の間を挟んで、決然と告げる。

「この呪いにしろへび様が関わっている、という疑惑です」

そのやり取りを思い出すと、今さらながら腹が立ってきた。

「ヒサギめ、無礼なことを申しおって……。あろうことか、母上が呪いをなどと……」

マガツが憮然と呟くと、カワムラは潤んだ丸い目をぱちくり、瞬かせた。

「マガツ様、マガツ様。あの小娘の言の、何がお気に障りましたので？」

「何を言うのだ。あのような残酷な悪事に母上が加担したと申したのだぞ?」

「しかしマガツ様。しろへび様がそのような神として生まれ落ちたのであれば、自らの役を果たそうとすることは当然の摂理にございます。小娘の指摘、何ら無礼に当たらぬかと」

「……なんだと?」

ざわり、とマガツの胸が不吉に鳴った。

「ですから、マガツ様。神に悪などないのでございます。善も悪も、全て人間から生まれるものにございます」

マガツは口を閉ざす。

気が付いていなかったわけではない。誰よりもマガツの傍に寄り添いながら、カワムラはあくまでも蛙であり、神の眷属だった。理解し合えぬことも、歩み寄れぬこともあった。それでも信じ合っているつもりでいた。だがマガツとカワムラの間には、深く広い溝が横たわっているのかもしれない。それを覗き込むのを怖れて、黙々と足を動かした。

山頂が着々と、近付いてくる。

濃霧に包まれた山頂。湖の全貌はようとして窺えず、静かな湖面に果てはないとすら錯覚させる。

マガツが歩み寄ると、湖が揺れた。水面を荒らげさせた一揺れのあと、静寂が訪れる。

やがて湖面からひょっこりと、人の形をしたものが二つ、姿を現した。

「ああ、マガツ様！　お久しゅうございます！」

「ようお戻りになられた！」

ビョウネンとガマメだった。

「半年ぶりか……。長く留守にしてしまったな。変わりないか？」

「マガツ様のお姿のない御殿は、火の消えたようでございました」

「しろへび様も、それはもう消沈されて……」

「そうであったか。……うむ、母上にもお目通りをせねば、な」

「マガツ様？」

ビョウネンとガマメが揃って怪訝そうにする。

「いや、つい感傷に耽ってしまった」

マガツは笑顔を繕った。

「母上にお会いしたい。取次ぎを――」

「その必要はない」

気高く美しい声が、凛と響いた。ビョウネンとガマメ、そしてカワムラがひれ伏した。湖の上を進んでくる姿を認めて、マガツは膝を折る。

「ああ、マガツや、久しいのう……」

滑るように水面を横断して、しろへびは湖のほとりに踏み出した。

「無沙汰をお許しください、母上」

「よい、よい。無事であったのならそれでよいのだ。それ、立って姿をよく見せてくれ」

促されるままに立ち上がる。しろへびの顔が自分の目線よりも下にあることに気が付いて、落ち着かない気分になった。

「……少し痩せたかえ？　食は不足しておらぬであろうな？」

「下界の食物も美味です。母上にも召し上がっていただきとうございます」

「ほう？　下界は楽しいかえ？」

「はい」

即座に答えたマガツを、しろへびは眩しそうに見つめる。

「さ、立ち話もなんじゃ。御殿に戻るとしようぞ。湯を張ってやるでな、下界の埃を落として参れ」

　あやすような声で言って、しろへびはマガツに手を伸ばす。その手から逃れるように、マガツは再び地に膝をつけた。しろへびの戸惑いが頭上から注ぐ。

「母上、一つ、お願いがございます」

「う、うむ？」

「私の滞在しておる家の娘が、命を危うくしておるのです。この一帯を統べる家、ヤノオオス家の娘で、クシナと申します。彼女には蛇が取り憑いております。白い、蛇が……」

　しろへびの纏う空気が変わった。優しく温かなものが消えて、冷えきった無感動が降りる。マガツは視線を地面に縫いつけたまま、言葉を続ける。

「これが実に手強く、私の如き未熟者では彼女を救うことができませぬ。どうか、母上のお力をお貸しいただきたく——」

「ならぬ」

　穏やかに、しかし容赦なく、しろへびはマガツの願いを斬って捨てた。

「何故です？」

「その家の者は死なねばならぬのだ」

「な、何故に？」

マガツは顔を伏せたまま、重ねて問う。しろへびがどのような表情をしているのか、確認する勇気がなかった。

「それが、わらわの役目であるがゆえに」

厳かなしろへびの声が、マガツに真実を突き付けた。

「は、母上が？　母上が、クシナを呪っていると？」

「わらわを顕現させしは小娘への憎しみではない。ヤノオオス家の滅亡こそが本望」

しろへびの言葉に激情はなく、憎悪もなく、敵意もない。

「ム、ムバタマ？　それを願ったのは、ムバタマという者ですか？」

「左様。娘はヤノオオス公アシナオウへの復讐を願った。ゆえにヤノオオス家はあの男の代で断絶せねばならぬ」

「何故？　何故、そのような願いを？　アシナオウは、ムバタマに何をしたのです？」

「知らぬ」

あっさりと、きっぱりと、しろへびは答えた。

「興味もない」

「だが母上はヤノオオス家を呪っている。クシナまでも！」

「呪う者も呪われる者も、わらわにとっては意味がない」

「ではなぜ呪うのです？」

「わらわを顕現させたからだ」

しろへびの声はどこまでも静かだった。

「只人が神を召喚するなど、ありえぬことだ。だが、わらわはここに降りた。そこにどれほどの感情があったことか。苦しみ、痛み、憎しみ、怒り、喪失。それがわらわに形を与えた。ゆえに、この願いは叶えるに値する」

「母上の理屈はわからぬ！　ムバタマはクシナと会ったことすらないはずではないか。それなのに、何故クシナが呪われねばならぬのか！」

「先にも言うたであろう。その問いをわらわに投げても意味がない」

「ではムバタマに直接問う！　彼女は今どこにいるのですか？」

「あの娘に問うことはできぬ」

一瞬、しろへびの纏う空気が揺れた。マガツの胸に生じかけた怪訝は、次の瞬間に霧散する。

「すでにこの世にないのだ」

「亡くなって、おるのですか？」

思わず、マガツは顔を上げた。しろへびの冷たい目がマガツを見下ろしていた。

「わらわを呼び出す代償として、あの娘はこの湖に身を投げた」

マガツは霧に包まれた湖に目を向けた。自分が育った湖の底に、ムバタマが沈んでいたというのか。

「マガツ、あの家に関わってはならぬ。そなたが心を痛める必要などないのだ」

冷たいしろへびの手が伸ばされる。マガツは思わずその手を払った。カワムラがギョッとしたように身を竦めた。

「母上、今すぐ呪いを解いてくださいませ！　ムバタマが世におらぬなら、なおさら誰のためにもならぬ。クシナには生まれるよりも前の話ではありませんか。あんまりにございます！」

「できぬ」

しろへびはきっぱりと答えた。

「お願いにございます、母上……」

マガツは膝と手を、大地に置いた。

「クシナを、助けてくだされ……」

頭を下げる。額が地面に近付く。それはマガツを崇めた人々が示した作法。その動きを遮るように、地面とマガツとの間に一振りの刀が差し込まれた。驚いて顔を上げると、しろへびが燃えるような目でマガツを見下ろしていた。

「そのような作法を教えた覚えはない！」

ジャワジャワと、どこからともなく得体のしれない音が響いた。

「そなたは何を思って、左様に卑屈な態度をわらわに向けるのだ！　それほどまでにわらわを見損なったか！　それとも完全に人に落ちたか！」

ビョウネンとガマメが泡を食って湖に飛び込んだ。

「しろへび様！　御慈悲を！」

カワムラの声が響いた。しろへびは激情を呼気と共に吐き出した。

「……よかろう、呪いを解く方法、教えてやろうぞ。この刀でわらわを殺すがよい」

「は？」

マガツは間の抜けた声を出して、刃に目を向けた。優美な刀身にはうっすらと鱗の模様が走っていた。その刀の存在は聞いている。しろへびの鱗より打ち出せし宝刀、ムラクモ。

「母上を、殺せと？」

「左様。呪いの核はわらわである。ゆえに、わらわを殺せば呪いは止まろうぞ。億万の凡愚が石や鉄を振るおうともわらわを殺すことは叶わぬが、そなたがムラクモを振るわば叶おう」

しろへびは刀を大地に突き刺すと、両手を広げて目を伏せた。

「さあ、呪いを解け。わらわを斬るがよい」

マガツは刀を取った。それは思いのほかに軽く、手によく馴染んだ。神通力が刃を巡る。張り詰めた刀を手に、マガツは立ち尽くした。

迷ってはいなかった。ただひたすらに困惑していた。しろへびを斬る。マガツを愛しみ育てた母なる神を。できるはずがない。その選択肢の存在を認めることさえ許し難かった。

マガツの思考は完全に凍り付いていた。ビョウネンとガマメが湖から顔を出し、固唾を呑んで成り行きを見守っている。無為な時間が過ぎる。

長い沈黙の末に、しろへびは一つ、溜息を零した。

「できぬのであれば、この場を去るがよい」

突然、マガツは強い圧に押されて弾け飛んだ。山頂から放り出され、参道を転がり、ようやく動きを止めた時、視界は完全に濃霧に覆われていた。

「わらわの下に戻るのか、わらわを斬って憎きヤノオオス家を救うのか。決心せぬ限り、この霧がそなたを通すことはない」

どこからともなくしろへびの声がした。マガツが足を踏み出すと、視界が開けた。

そこはフシの御山の麓、参道の入り口だった。

「……マガツ様？」

カワムラが気づかわしげに名を呼んだ。

「……どうして……」

マガツは震える声を発した。

「母上！」

マガツは霧を分け入って、再びフシの御山に登る。

「マガツ様、なりませぬ！　お戻りを！」

カワムラの声は耳に入らない。

濃霧が体に纏いつくようにして迫ってくる。マガツは母と慕う神を呼びながら、鼻先すら見えない山中を彷徨った。

つまずき、転び、立ち上がっては何かにぶつかり、しなる枝葉に打たれながら、闇雲に山頂を目指す。

「母上！」

声は幾重にもこだまして、霧の奥へと消えてゆく。

「お願いです、話を聞いてください！」

反応はない。

幼い頃、しろへびは望むものをほとんど全て与えてくれた。大人になり、与えてくれない何かが欲しくなって、しろへびの元を離れた。

米に命を与え、人の病と傷を癒し、皆から感謝と尊敬を集めて、嬉しかった。自分にも何かができるのだと思った。けれど結局マガツの力は全てしろへびのものでしかなかった。何一つ自分の力で為したことなどないくせに、自分が頼めばしろへびは容易く心を入れ替えて呪いを解いてくれると信じていた。

自分はいつまで幼子でいるのか。

何かに足を取られて、マガツは倒れ込んだ。頭から泥に突っ込んで、全身を汚す。のろのろと立ち上がると、泥はマガツの体と衣服の上を滑って落ち、一切の汚れも残らなかった。泥を摑んで天を仰ぎ、幼子のように泣きわめく。

「母上ェ……！」

惨めだった。

「マガツ様、マガツ様……」

困ったような声がした。

「いたのか、カワムラ」

「おりましたのです、マガツ様」

濡れて冷たいカワムラの手がマガツの頰をペタペタ叩く。

「無駄にございます。戻りませぬか」

「駄目だ。クシナはもう長くない。母上が呪いを解いてくださるまで、決して戻らぬ！」

「マガツ様、マガツ様。しろへび様は選択肢をお与えになった。どちらかをお選びになるまで、山は開かれぬでしょう」

「そんな選択肢は受け入れられぬ！」

「マガツ様……」

責めるような声で、カワムラはマガツを呼んだ。

「母上、どうか、お姿を……！」

弱々しい懇願の声。情けない啜り泣きに、誰も応えてはくれなかった。

＊＊＊＊＊

その花は七年前からここにある。

マガツが初めて外に出たあの日、憎むべき少女が湖に捧げた花。救いの願いが込められた花は、少しずつ花弁を散らし、今や一片を残すのみ。

頂を覆った霧の向こうで、マガツがしろへびを呼んでいた。悲しみと、無力感。信じていたものが崩れてゆく絶望に打ちひしがれる幼子の声。

あの日、幼いマガツを外に出さなければ、こうはならなかったのだろうか。

あるいは旅立ちを告げたマガツを止めていれば、この忌まわしい現在は訪れなかっただろうか。

いくら悔やんだところで、起こったことは変わらない。マガツは仇と心を結び、しろへびを糾弾した。生みの親の無念も知らずに。

「大きくなったものだ……」

しろへびはぽつりと、呟いた。

しろへびは子を育てる神ではない。蛇は他者と温め合うことも、分かち合うことも、愛し合うことも知らぬ。だからしろへびは、マガツに何一つも与ええなかった。そして神として完成されたしろへびゆえに、マガツから与えられることも何一つとしてありえない。

理論上は無関係のはずのマガツとしろへびは、複雑怪奇に絡まって、何をどうすればあるべき関係に戻れるものか、もはやさっぱりわからない。

「母上、お願いです、話を聞いてください！」

霧の彼方からの声に、しろへびは返事をしなかった。只、己に言い聞かせるように独り言を漏らした。

「子はいつか親から離れるもの、か」

どれほどの呪詛を背負って生まれ、いかなる育ち方をしようとも、マガツは人間であった。いつか人の世に戻らねばならぬ。そして人の世で生きるのであれば、しろへびとの繋がりは断たねばならない。

「わらわはそなたの母である前に、ヤノオオス家にかけられた呪いなのだ」

淡く輝く小さな花に、しろへびはそっと息を吐きかけた。一瞬ののち、花は輝きを失い、くたりとしおれた。

最後の花弁が、散った。

＊＊＊＊

御山から戻ったマガツは、憔悴しきっていた。腰に佩《は》いた見覚えのない刀だけが場違いに明るい輝きを放っていた。

「……母上だった……」

ヤサカが問いを発するよりも前に、マガツは一言、そう告げた。

「そう、でしたか」

ヤサカは頷いて、それ以上問うのをためらった。マガツの様子があまりに憐れみを誘ったためである。

「それで、ムバタマの居場所はわかりましたか?」

「すでに亡くなっておる。己が身を捧げて母上を召喚したのだそうだ」

「己の身を贄とした召喚……。ない話ではありませんね」

似た事例は歴史上に存在する。術に精通した人物が、入念な準備をしたうえで、己の命を贄として神を召喚し、天変地異をもって自らを陥れた政敵を鏖殺《おうさつ》した事例。

以来、天ツ門は殊にこの種の召喚が行われる気配には敏感だ。ムバタマが天ツ門の網に捉えられなかったのは、命を捨てたところで神に届くはずのない存在であったから。

「呪いを解いてほしいと懇願したが、できぬ、と。呪いを解きたくば母を殺せと、この刀を投げ渡された」

マガツの瞳が不安定に揺れた。

「クシナを見捨てるか、母上を殺すか、どちらかを選べと言うのだ。選ばぬうちは近付けさせぬと、山を閉ざしてしまわれた。ヒサギ、私はどうすればよいのだ? どちらも失いとうない……」

「……しろへび様を殺せるわけがありません」

ヤサカの言葉に、マガツは唇を噛んで頷いた。

恐らく、マガツはヤサカの言葉の意味を勘違いしている。感情の問題ではないのだ。

しろへびは強大な力を持つ神だ。神は祀って鎮めるもの。鎮まらなければ魔とみなして祓うこともあるが、天ツ門の助力があってすら厳しい闘いになるだろう。

あるいはマガツにならなら神殺しも可能なのかもしれない。けれど打ちひしがれたマガツにそれを強いることは、ヤサカにはできなかった。

「ご苦労様でした、マガツ。お疲れとは思いますけれど、クシナの傍にいてあげてください。私は少し、情報を整理しますから」

「合わせる顔がない……」

「そんなことは――」

「もう一度、御山に行く。母上は優しい方だ。話せば必ずわかってくださる。私が感情的になりすぎたのがよくなかったのに違いない」

それは違う、とヤサカは心の内で呟いた。神は役割を持って生まれる者。その枠組みを己の意思ではみ出すことはできない。ヤノオオス家を呪うために生まれたしろへびには、自らの意思で呪いを解くことができないのだ。

ここでヤサカは再び、マガツという存在の放つ違和感に囚われた。呪いの神が、子を育てる。明らかに役割を逸脱している。だが、しろへびはマガツを育てた。どうして？　そして、どうやって？　ヤサカは答を探して理屈をこねくり回す。

しろへびの役割を継続するために必要なことだったとしたら？

そんなことを思った瞬間、頭の中で何かが音を立てて組み合わさり始めた。

「え？」

ヤサカは戸惑いの声を上げる。解呪の方法が、天啓の如く降りてきた。仮定に推測を重ね、思い付きを上塗りしたその末に、残酷な天秤が姿を現す。

「ヤサカ様、マガツ様！」

その声は運命を告げる厳かさをもって、マガツの足を止め、ヤサカの思考を遮った。

「クシナ様が……」

時は人の選択を待つことなく、ただひたすらに流れるのだ。

＊＊＊＊＊

枕元は百花繚乱。マガツが摘むと枯れないものだから、花は増える一方だ。

漂う甘い香りを吸い込んで、クシナはほっと息を吐いた。吐いた息の分だけ、見えない蛇が体を締め付ける。

骨が軋む音がした。

「姉さま、苦しいのですか？」

心細そうに、ツマグシが問う。クシナは無理に笑みを浮かべた。

「大丈夫よ。心配しないで」

子供特有の艶やかな髪に手を入れる。一輪の花が仄かな輝きを放っていた。七年前、マガツからクシナに、クシナからツマグシに手渡された奇跡の花。ツマグシは髪から花を外すと、奇跡を期待するようにクシナに握らせた。

これが初めてではない。クシナが倒れるようになってから、ツマグシは何度もこの花をクシナの手に握らせた。だが奇跡は起きなかった。

「姉さまがいなくなってしまったら、私は一人ぼっちです」

ツマグシの声はいつもより高く、かすれていた。

「皆、死んでしまったものね」

部屋の天井に向けて、クシナは呟いた。

「たくさんいた兄弟姉妹。何をするにも一緒だった子も、あまり馴染めなかった子も。会ったことすらない子も……」

今では皆、土の中……。

クシナは目を閉じた。眼球に張っていた涙の膜が押し出される。

鼻を啜る音が聞こえた。ツマグシの大きな目から、涙がぽろぽろと溢れていた。

「怖いよ、姉さま……！」

「大丈夫よ、ツマグシ。ヤサカ様とマガツなら、きっと呪いを解いてくださる……」

私を救うには間に合わなかったとしても。その言葉は口に出さなかった。

どうして私なのだろう。心の内に漏れた言葉に、クシナは肩を震わせた。ひやりとした感触が、服を通り越して肌に喰い込んでくる。

何故ツマグシではなく、クシナが先に呪われたのだろう。順番があと一つ遅ければ、助かったかもしれないのに。どうして自分が先だったのだろう。

死にかけた者の枕元で、他者の命のために涙を零す立場でいられたなら……。

どうしてこんな酷いことを考えてしまうのか。

「姉さま、泣いているの？」

「……ええ。悲しくて」

何故自分はこんなにも醜いのだろう。儚く散るのならせめて美しくありたかったのに、自己陶酔にすら浸れないなんて。ヤサカの清廉さ、マガツの純真さ。眩しいものにただ目を細めるしかない自分が悲しい。

「ツマグシ、あなたは……私のようにならないでね」

息が詰まる。喉に蛇体が絡み付いたのだと理解する。あまりの苦しさに、触れられない蛇体を探って喉に爪を立てる。

「ね、姉さま！　誰か、誰か来て！」

周囲が騒がしくなる。のたうち回るうちに、花瓶を倒してしまったらしい。床に散らばる春の花が、薄く広がった水の上に浮いていた。

とても綺麗だった。

――最後の花弁が、散った。

取り返しのつかないものが砕ける音が聞こえた気がした。


目を覚ました時、クシナの周囲には親しい人たちが集まっていた。ヤサカ、マガツ、ツマグシ、ずっと世話をしてくれていた女官たち。アシナオウの姿はない。

「クシナ……」

いつも潑溂としていたマガツの声が、今は道を失った幼子のようだった。何故そんなに不安そうにするのだろう。

「大丈夫よ、マガツ」

「すまぬ。すまぬ、クシナ……！」

今にも泣きそうな声だった。安心させてあげなければ。クシナはやけに重たい布団を押しのけて手を伸ばす。マガツの手に触れると、嘘のように体が楽になった。

「クシナ？　しっかりなさい！」

「ヤサカ様……」

　真っ白な顔に、赤い目。白目までが赤くなって、潤んでいた。どうしてそんなに悲しそうなのだろう。何か、言ってあげないと。

「ヤサカ様のおかげで、今日まで生きて参りました」

「やめて、やめなさい、クシナ。もう少しだけ待って！　時間をください。もう少しだけ考えさせて！」

　懇願するようなヤサカの声が遠ざかる。マガツが何かを叫んでいる。

「マガツ……ごめんなさい……」

　音が消え、光が消え、手を包む温もりが遠ざかる。

　幼い日に見た山頂の花畑。辿り着くことのなかった霧の中の湖上御殿。二人で行こうと約束したあの場所で、苦痛も恐怖も焦燥もなく、ただ寄り添って……。

　結んだ約束が、ぷつりと切れた。

　眦《まなじり》から零れた雫が布団の上に玉を作る。一瞬ののち、それは繊維の染みとなった。

　クシナの名を借りたヤサカの叫びが屋敷を渡り、皆に事態を悟らせた。

　枕元に飾られた花の中から、白い花びらが一片落ちて、涙の痕をそっと隠した。

枯れ尾花

花の褥に横たわるクシナは、ほかのどの花よりも美しかった。

ヤサカは棺の傍に腰掛け、死別の悲しみの模範に己を押し込んでいた。

報せを受けた親類縁者はヤノオオス家の門を潜ると、まずはクシナへの哀悼を表しに訪れる。棺に手を合わせ、ヤサカに深々と頭を下げると、生きている親類との顔合わせに去ってゆく。

この十数年で何度も行われた儀式だった。皆がすっかり慣れている。恒例行事のようなヤノオオス家の葬儀は、御国の有力者が集い語らう政治の場と成り果てていた。その有力者にはヤサカも含まれている。

天帝の子として生まれ、瑞兆として奉じられ、術師の長として君臨するヤサカは本来、人前に出ることのない存在である。だが、ヤノオオス家の葬儀には必ず神と人との繋ぎとして座している。四大公家とヤサカに覚えを得る稀な機会であるから、必然、参列者数が膨れ上がる。

次々と挨拶に訪れる見知らぬ者たちに事務的に対応しながら、心を閉ざした蓋がカタカタと音を立てるのを耳にした。時が経つほどに心から湧き上がるものは大きくなり、蓋を持ち上げて吹きこぼれる。

ついには抑えきれなくなって、ヤサカはそっと棺の傍を離れた。

いつか蝦蟇の卵を採った池のほとり、新緑の中にわずかばかりの白い花を咲かせる黒い木の根元に腰掛けて、水面に映る自分の姿を悄然と見つめるマガツの姿があった。

「マガツ……」

「ああ、ヒサギか。お役目はよいのか？」

「少し、疲れてしまって」

ヤサカはマガツの後ろに立って、池を覗き込んだ。水鏡のマガツと目が合った。疲れきった表情の美しい顔が、揺れて歪む。マガツが池に手を入れて、水面を掻き回していた。池に浮かんだカワムラが、マガツをじっと見上げている。蛙の大きな目に浮かぶ感情が何なのか、ヤサカにはわからなかった。

「……水がすっかり温かくなった。前に蛙の卵を集めた時には、それは冷とうて難儀したものだが」

水の底で小さなオタマジャクシたちが尾をぷるぷると震わせて、マガツの起こす水流に抗議していた。

「卵を拾ってみれば、思いのほか手触りが珍奇だったのでついはしゃいでしまって、クシナを困らせた」

「あの時のクシナの顔……。ふふ、とても嫌そうでしたね」

「何がいけなかったかなあ」

「体温のない生き物が苦手な人も多いですから。クシナもそうだったのでしょう」

「言われてみれば、クシナはいつもカワムラによそよそしかったな。……私たちがカワムラの話をすると、面白くなさそうにしていた」

「クシナのこと、よく見ていたのですね……」

胸がちくりと痛んだ。感情が、沸騰する。

「クシナにお別れを言わなくてよいのですか？」

「……何を言えというのだ。謝りようもないものを」

ヤサカは口を開いて、言葉に迷う。頭を過ぎ去る全ての言葉が虚しく無意味に思われた。

「……あなたは何も悪くない」

結局、口に出したのは虚しく無意味な言葉だった。

「マガツ様、マガツ様！　この小娘の申すとおりにございます！」

「私には選択肢が与えられていた」

大声で鳴くカワムラを遮って、マガツはぽつり、呟いた。

「クシナを助けられなかったことを悔いながら、それでも母上を斬るべきだったとは思えぬのだ。……酷いことだろう？」

「私にあなたを責める資格はないのです」

ヤサカも同じ。揺れる天秤を前にして、どちらに重しを載せることもなく、ただ自然に動くのに任せてクシナを死なせてしまった。

最後の瞬間まで、選択肢はあったというのに。

「私は……！」

懺悔しかけて、ヤサカは言葉を切った。マガツと罪を共有して、楽になりたい。けれどマガツにだけは伝えてはならない。選ぶべき時に選べなかった。だからこの罪は、一人で抱えていかなければならない。

「マガツ、しろへび様の下に戻りなさい」

「馬鹿を申せ。帰れるはずがあるまい」

「帰りなさい。あなたはここにいるべきではないのです」

絞り出すようなヤサカの声に、マガツは顔を上げた。迷子のような表情だった。

「それは私が頂のしろへびの子であるからか？」

「ええ、そうです」

マガツの立場はあまりにも微妙だった。ここにいては危険だ。忌まわしいことに、マガツにとってもっとも安全な場所はフシの御山の頂だ。

「何を言っておるのか。そなたはここにおるべきであるぞ」

ヤサカが言葉を選んでいる中、二人の間に無遠慮に飛び込んできた声があった。

いつの間にか、縁側にアシナオウが腰掛けていた。遊女の如き派手な衣装を着崩して、片手に酒瓶を下げ、酔っていた。

「……娘の喪中にその態度は何です？」

ヤサカは厳しい声で糾弾した。アシナオウはせせら笑う。

「儂が哀悼に沈んだところで、もはやクシナには何の得もあるまい。不快に思うのは儂の娘の死に集《たか》る蠅どもばかり」

「私は不快です」

ヤサカの言葉に、アシナオウは肩を竦めた。

「クシナを救わなかったそなたが、よう言うわ」

何気ない様子で口にされたその言葉に、ヤサカは思わず息を呑んだ。

「……私たちがクシナを救えなかったことは事実だ。だが、言って良いことと悪いことがあるぞ」

マガツが剣呑な空気を帯びる。

「救えなかった、とは言っておらぬ。救わなかった、と言うたのだ」

ヤサカの足元から、寒気が這い上がってくる。

「そなたら二人して、二択でクシナを選ばなんだ。クシナが憎いわけでもなければ、もう一方がクシナよりも重かったわけでもない。己の働きかけで天秤の傾きを変えるのを厭うた。選択を放棄した。それであの娘は命を落としたのだ」

「私のことは事実だ。だが、ヒサギへの中傷は許さぬぞ……！」

「よしなさい、マガツ。酔っぱらいの戯言です」

立ち上がりかけたマガツを制して、ヤサカはアシナオウを牽制する。

「おお、戯言だ。若人に絡むのは実に楽しい。ついつい思い出など語りとうなる」

アシナオウはにやりと笑う。

「行きましょう、マガツ。この話を聞く必要はありません」

ヤサカがその場を離れようと促しても、マガツは動かなかった。アシナオウも話をやめない。

「儂は今でこそかくも立派な大貴族の主であるのだが、若い頃には不遇でなあ。何せ三男坊であった。跡継ぎに長男、念のために次男。あとは天帝に嫁がせる娘でも作ろうとして産まれた三男じゃ。しかし高貴な血を引くのは確かなので、適当な家に婿入りさせてしまおうと、父上は思うたようでな。……どこぞの何某やらいう家の……ほれ、なんたらいう娘と許婚になってなあ」

　とぼけているのか、あるいは本当に忘れているのか。いずれにせよ、アシナオウはこれ以上ないほどにミチオク家を、ムバタマを、蔑ろにして見せた。

「ところが何故か兄上たちが相次いで不幸に遭われてな。謙虚で控えめな儂が突然にヤノオオス家の次期棟梁になってしまったのだ。そこで父上は決まっておった縁談を蹴って、儂を同格の家の娘と結婚させた。この娘との子宝に恵まれ、家を継ぎ、我が世の春を謳歌しておった頃、儂を元許婚が訪ねて来たそうな。会えなんだがな。この時、何と儂の子だという赤子を連れておった。その後、その女はフシの御山に登ったのを最後に足取りが途絶えた。……大地震もあったしの。さて、なんと言う名であったか」

「ムバタマ、か？」

　口を閉ざしたヤサカの代わりに、マガツが答えた。

「ああ、たしかそんな名だったかな。なあ、ヒサギ殿。そなた、ムバタマが儂に呪いをかけたものと考えておるのだろう？」

「……ええ」

　ヤサカは素気《すげ》なく頷いた。

「己の身を湖に投げ、神なるしろへびを召喚した、と。だがな、素人考えで恐縮だが、儂はこれをおかしいと思うのだ。ムバタマには神通力などなかったからのう」

ヤサカは言葉に詰まる。その話をマガツのいるこの場で掘り下げたくはない。

「それはどういうことだ？」

ヤサカがまごつく間に、マガツが話を先へと促していた。

「まあ、聞け」

アシナオウはどこからともなく舶来の煙管を取り出して火をつけた。

「古来非業の死を遂げた者の祟りだの呪いだの言う虚言は枚挙《まいきょ》に暇《いとま》がないがな、これはおかしな話ではないか。死なば力を持てるなら、早う死んだ者の勝ちだ。なんとも理不尽。左様な理不尽がまかり通るほどこの世は優しくないであろうさ」

「それを覆すほどにムバタマが追い詰められていたということでは？」

口を挟んだヤサカに向けられたアシナオウの目には、楽しげな光が躍っていた。

「そなたも人の業に目を向けるようになったではないか」

「それは、どういう――」

「人の思いは偉大だな。時に条理を覆す。だが果たして、男に捨てられた程度のありふれた絶望にそれほどの力があったろうか？　いや、あるまい。その程度のことで天変地異が生じるならば、人の世に安寧など存在しえぬ」

「十七年前から続く天変地異までもが、呪いの為せるところだというのですね」

「そなたもうすうす、そう考えていたのであろう？」

アシナオウは小馬鹿にしたように煙を吐いた。

「十七年にも亘る災厄……。それを為すほどの神の召喚。ムバタマは何か特殊な条件を満たしたのであろうな。たとえば、ムバタマがフシの山に抱えて上がったというモノ」

「ま、待ちなさい、アシナオウ！　あなた、何をどこまで知って――」

「術に精通する知人は、何もそなただけではないものでなあ」

アシナオウはくつくつと笑う。

「天帝との縁も深きヤノオオスの血を引く赤子だ。生まれながらに神通力に恵まれておったかもしれぬ。強い神通力を持つ者は生贄としての価値が高いと言うではないか。それに名付けが加われば、なおさらだ」

アシナオウは穏やかな笑みを浮かべてマガツを見下ろした。

「マガツか。実に酷い名ではないか。あの女は己の息子を可愛いと思わなんだのかな。全く、理解に苦しむ」

「あなたがそれを言いますか！」

「待ってくれ」

かすれた声で、マガツが話を遮った。

「は、話についていけぬのだが……。私の名が、何だって？　今の話では、まるで……」

「ヒサギ殿から聞いておらなんだか？　ムバタマはそなたの母親であろうが」

当然のことのように、アシナオウは告げた。

「な、何を言うておるのか、わからぬ……」

「そなたの母親が自身とそなたを生贄に捧げて結んだ呪い。それがヤノオオス領の災厄とヤノオオス家の短命よ」

平然とした口調でアシナオウは告げた。マガツが反応するのに、しばしの時間を要した。

「母親……？　ムバタマが、私の？　皆を苦しめていた災厄と凶作も、ムバタマの願いだと……？」

混乱するマガツを追い詰めるように、アシナオウは哄笑する。

「おうとも。参道の建設を求め、頂に祠を作って足繁く参拝する敬虔な者共の滑稽なことと言ったらなかったぞ。己を苦しめた元凶を知りもせず」

「あなたは全部知っていたのですか？　知っていて、何もしなかったのですか？」

問い詰めるヤサカの声は、細く震えていた。

「神殺しなどと大それたこと、繊細な儂にはとてもとても。天ツ門の力も借りられなんだし」

アシナオウはそこで一つ、欠伸《あくび》を挟んだ。

「手軽に呪いを解く方法もあったがな、儂には選べなんだ。何しろ残酷な選択肢ではないか。天秤の上に載せられたのはどちらも儂の子であるのだから。そうであろう？　マガツ。我が息子よ」

「……え？」

マガツは魂の抜けたような声で反応した。

「察しの悪い奴だ。そなたはムバタマの息子。すなわち、儂の息子ということにほかならぬ」

マガツの顔に表情が戻った。そこにあったのは怒りと拒絶だった。

「嘘だ！」

「嘘と言うか？　つまりそなたは、ムバタマがほかの男の子を身籠りながら一方的に儂を責めて呪ったとでも言うのか？　何とも酷い息子よのう。ムバタマが湖の底で泣いておるぞ」

「泣かせたのはあなたです！」

ヤサカはマガツの前に立って、アシナオウを糾弾する。

「そうだな」

アシナオウは唇の両端を吊り上げた。そこに垣間見えた苦さに、ヤサカは言葉を失くした。

「この呪いの規模、重み。そのままムバタマの流した涙の量、想いの大きさなのであろうな。それを思えば、この災厄も悪い気はせぬ」

いつもどおりのアシナオウだった。ヤサカは眉根を寄せる。先ほど覗かせた寂寥感、諦念。あれは何だったのだろう？　ヤサカの思い過ごしなのか……。

「売るほどおった子供たちも、気付けば童女が一人きり。儂はヤノオオス家の未来が不安でならぬ。だがなんと、ここに儂の血を引く男子がおるではないか。よき年齢まで育っておって、見目麗しく、品位よし。そういうわけなので、そなた、正式に我が息子としてヤノオオス家に入れ。庶子でしかなかった息子がヤノオオス家を継ぐとなれば、ムバタマも大満足であろう。めでたしめでたし」

「断る！」

マガツは即答した。短い返事に、燃え滾るような感情が渦巻いていた。

「おいおい、そんなことを言うでない」

「嫌だ！」

理由も利害も必要としない強烈な拒絶を前に、アシナオウは溜息を吐いた。

「そうか、そうか。仕方あるまい。ヤノオオス家は儂の代で終いかのう。何しろツマグシが呪いに堪えて生き抜くとは思えんものなあ。実に悲しいことだが、嫌だというものを無理強いはできぬ」

マガツが怯む。アシナオウは意地悪く笑う。

「幼い妹が苦しむのを後目《しりめ》に、呪いの神の下へ戻るがよいさ」

マガツに生まれた迷いが広がり、深まり、心を冷やし、やがて静かに折り曲げる。

「……わかった」

苦虫を噛み潰した顔で、マガツは頷いた。

「善し！」

アシナオウは晴れやかに笑って、金箔の扇をパッと開いた。それはヤノオオス家当主の愛用品にしてはつつましやかな扇だった。

「ならばそなたはこれからススノホ・ヤノオオスと名乗るがよい」

「ススノホ？」

「ムバタマの付けた呪い名を名乗ることは許可できぬのでな」

アシナオウは立ち上がると、ふらりと踵を返し、今一度マガツを振り返る。

「折よく多くの貴族に天司殿まで集まっておる。明日、皆の前でそなたを紹介するとしよう。挨拶の言葉でも考えておくがよかろうぞ」

そう告げると、アシナオウは酒瓶を傾けながらその場をあとにした。低い笑い声が耳に粘りつくようにいつまでも残った。


言葉もないままクシナの眠る部屋へ戻ると、マガツはしばらくの間クシナの死に顔を見つめていた。慈愛と悲哀の綯交《ないま》ぜになった表情を見て、ヤサカの胸が鈍く痛んだ。

「ヒサギ、正直に答えてほしい」

やがてぽつりと、マガツは問いを発した。

「この呪いは、私が生まれておらなんだら成立しなかったのだろうか？」

「……そうでしょうね」

ヤサカは正直に答えた。

「幼き命の無限の可能性を名で縛る。マガツの名はまさにそれです。術の知識などなく、けれど感情の赴くままに、ムバタマはあなたを呪具とし、神への贄に捧げたのでしょう」

術の手法も知らず、神通力もなく、それでも彼女は神を召喚した。己の知識で咀嚼可能なものだけが正しいという傲慢な思い込みのために、ヤサカは手遅れになるまで真実に辿り着けなかった。

思えば、術が系統的に整理されるより前の時代から、術も神も存在したのだ。その根本はまさにムバタマを突き動かしたものと同じだったはず。研究され、系統化され、整えられて、いつの間にか術師たちすら忘れていた根源。

「召喚されたしろへび様は何故か贄の赤子を生かし、育てた。そこにいかなる理由があったのかはわかりませぬが、あなたは生きたまましろへび様の一部として組み込まれてしまったのであろうと思います」

「では私が死んだなら、この呪いはどうなる？」

ヤサカは息を止めた。マガツは愚かでもなければ鈍くもない。全て悟ったうえで問うている。これ以上隠すことに意味はない。

「あくまでも推測ですが」

前置きをして、努めて平静に、ヤサカは答える。

「あなたの落命で呪いは終わるでしょう」

通常、生贄を用いた召喚は真なる力の流れから己の望みを叶える力を切り出して、生贄の命を用いて存在を確立させる。だが、しろへびはマガツの生命を使わなかった。恐らくは召喚の儀式を応用し、真なる力の流れとしろへびとの間をマガツの存在でもって隔てているのだ。

つまりマガツはしろへびの存在基盤だ。彼の死はしろへびの死に繋がり、そしてしろへびの死はそのまま呪いの終わりを意味する。

「そなたはそのことに気付いておったのか」

「……ええ。クシナが亡くなる直前に気が付きました」

マガツがしろへびとクシナとの間で選択に迫られたように、ヤサカもマガツとクシナとの間で選択を迫られた。何を選んだのかと言えば、アシナオウが指摘したとおり。選ぶことができなかった。結果としてヤサカは、クシナを救わなかった。

マガツはすぐには何も言わなかった。けれども彼の表情は雄弁だった。何故クシナを選ばなかったのか。何故教えてくれなかったのか。

「……苦しい思いをさせたな」

ヤサカを責める感情と理性とがせめぎ合い、結局、マガツが口に出したのは労いの言葉だった。ヤサカの眼球が熱を持つ。抑えきれなくなった想いが一筋、目から零れた。

「マガツ、呪いは必ず私が止めます。だから、どうか早まったことはしないでください」

「心配には及ばぬ。もはやその必要もない」

訝しむヤサカの顔を見て、マガツは穏やかに微笑んだ。

「呪いはこれで終わりだ」

マガツの身体に巻き付くように、白い煙が渦を巻く。ヤサカの心が不吉にざわめいた。やがて形を為したそれは、巨大な白い蛇だった。

「……マガツ……」

ヤサカは絶句した。マガツの肩から蛙が飛び降りて、一目散に逃げ去った。

「ああ、見てくれヒサギ、この様を。思い出さぬか？　そなたが取り寄せた本にあった、自らの尾を食う蛇のようだな」

ヤサカはハッとして目を見開いた。

自らの尾を食む蛇。それは始まりも終わりもない、永遠の象徴。

＊＊＊＊＊

集まった人々が寝静まった屋敷、煌々と注ぐ月明かりに照らされて、アシナオウは杯を傾けていた。

向かいには男が腰掛けている。アシナオウと同年代で、負けず劣らぬ高貴な風貌。きっちりと着こなした白装束が、アシナオウとは大きく異なる印象を見る人に植え付ける。しかし、故人を偲ぶ場で酔いどれるその姿は、彼がアシナオウと同類である証左にほかならなかった。

「不幸なる姫に死後の安らぎがあらんことを」

何杯目かの盃を掲げて、男は祈りの言葉を口にした。

「聖なる御身がこのような場で飲酒などしていてよろしいのかな、天司殿？」

「アシナオウよ、そのお言葉はあまりではないか。私が天司でなくなって、何年が過ぎていると思う？」

「ヒサギ殿の年齢に等しかろうな」

アシナオウはくつくつと笑う。

「私ごときの弔意で恐縮だが、クシナ姫には本当に申し訳ないことをした」

「その罪悪感が誠なれば、ゆめ忘れずにいてほしいものだ」

「安心なされよ。仮に私が忘れたとて、ヤサカ様はお忘れになりますまい」

かつての天司はなんら心動かさずに応じた。

「天司殿は全く、人とは思われぬ落ち着きよう。ヒサギ殿に薫陶を与えただけのことはある」

「私の教育は、全く失敗にございました。あるいはヤサカ様の才があまりにも常人離れしておられたのか……」

天ツ門を治める者は高潔にして冷徹、俗世の及ばぬ神聖な心を持たねばならぬ。天司としてそれは当然のこと。そう叩き込まれてなお世俗の欲は付いて回るのが常であって、凡庸な者はそれとの距離の取り方に思い悩んで過ごすものだ。

ところが、ヤサカは一切の苦労なく教えを守ってしまった。

欲に流されることもなく、感情に揺れることもなく。彼女は非人間的なまでに神聖であった。その様はまさに現人神と呼ばれるのに相応しかった。

だが、天司の治めるのは人の業。しかるに人の業と無縁でいるわけにはいかない。彼女は誰よりも深く人の業を理解しながら、誰よりもそれから遠い存在であるべきなのだ。

だから人の業を煮詰めたが如き呪いの渦巻くヤノオオス家に送り込み、それを学ばせようとした。無論、瑞兆であろうとも所詮子供でしかない皇女が天司として実動する不利益を鑑みて地位から遠ざけたのも否定しないが。

「穢れなき者にこの呪いを解くことはできぬ。実際、ヒサギ殿ときたら理論的な部分しか見ぬものだから、いっかな真相に辿り着かなんだ」

アシナオウは嘲笑う。

「だが、最終的にヤサカ様は概ね呪いを見抜いた。私はこれを大いに評価します。いったいどのような変化があったものやら」

「人の心を少しは理解したのであろうよ」

「あなたには感謝の言葉もない」

「言葉などいらぬ。財と行動で示していただこう。儂の大切な家族を、よき天司を育てるための贄としたのだ。相応の返礼を期待しておる」

「心得ております」

かつて天司だった男は穏やかそのものの笑顔で答えた。

「まずは天兵をお貸しいただきたいのだが」

「すでに連れてきておりますよ。私の随行員は皆、天軍より選抜した天兵どもです」

天ツ門の武力を司る天軍においては、天兵と呼ばれる術師たちが日々戦闘の技術を磨いている。その中から選び抜いた精鋭五十余名。まさに神殺しに相応しい。

「結構。ではヒサギ殿の認可が下りれば彼らに活躍の機が与えられるわけだな」

天軍は天司の命によってのみ動く。しかし現在の天司は、地位はヤサカに、権力は先代に分割された状況にあり、結果として元より重い天軍の腰はさらに重くなっていた。

「……認可は下りているとみてよいでしょう。このたびの随行員を天軍より選抜するよう仰せになられたのはヤサカ様ですから」

「ほう」

アシナオウは、すいと目を細めた。

「ヒサギ殿は聖域に踏み込むのを躊躇されるだろうと予想しておったが」

「本音を申せば、もう一押しほしいところです。今のところ頂のしろへび様が人に禍をもたらしたという証拠は何もございませんのでね」

「さて、どうしたものかのう？」

アシナオウは盃を揺らす。透き通った液面に、冷たい月が光を落としていた。

＊＊＊＊＊

人々の寝付いた深夜。ヤサカはマガツと二人、棺の傍らで不寝番をしていた。互いに言葉を交わすこともなく、ただ棺と向き合う時間。

ヤサカはひたすら湧き上がってくる感情の処理に追われていた。何もかもが理不尽で、やるせない。あらゆる負の感情が渦を巻き、膨れ上がる。荒れ狂う感情を理性という器に押し込んで、封をする。気が狂ってしまいそうだった。

沈黙に耐えかねるように、マガツは時折カワムラを呼んだ。ヤノオオス家の庭に投げかけられる静かな声に応える者はない。

「カワムラ、カワムラ……おらぬのか？」

マガツは不安げに視線を揺らし、ヤサカと目が合うと笑顔を繕おうとして失敗し、顔を伏せた。

「戻って来ぬな。少し探してくる」

困ったように言って、マガツは立ち上がる。体に巻き付いた蛇が重たげだった。

「聞こえていないだけなのではありませんか？」

「そんなわけがない」

マガツの声がわずかに震えた。少しの沈黙を挟んで、小声で問うた。

「なあ、ヒサギ……。私は母上に見限られたのだろうか？」

ヤサカは息を呑む。否定してあげたい。けれど、何も言えなかった。

「すまぬ。妙なことを言った。忘れてくれ」

マガツが出ていくと、棺の部屋にはヤサカ一人が残された。急に部屋が広く、寒く感じた。

今のところ、蛇体がマガツの体に害を及ぼしている様子はない。マガツの呪いへの耐性が蛇体の力を上回っているのだろう。だがあの蛇体は対象の耐性が強いほど強力になる呪いだ。いずれは力関係が逆転する。そうなれば待っているのはクシナと同じ末路だ。

許せない。

理性に小さな罅《ひび》が走った。

どうしてクシナが死ななければならなかったのか。何故マガツがこんな思いをしなければならないのか。許せない。許さない。

感情を抑え込んでいた器が砕けた。怒りと憎しみが心の中に撒き散らされる。一方で、煮え立つ感情を冷やかに見つめているヤサカもまた同じ心に存在した。

底の見えない憎しみに滾る感情と、それを平静に観察する理性との間に、新しいものが生まれる。その瞬間に、ヤサカの目に映る世界は変わった。

今まで何を見て生きてきたのかと訝しくなるほどに世界が澄み渡り、全てが明瞭に理解できた。制御を取り戻した神通力は、ますます強く大きく、みなぎった。

月光の届かぬ射干玉《ぬばたま》の闇の中で、ヤサカは軽く指を動かした。何もない空間に浮かび上がった火の玉が、棺の部屋を明々と照らした。

「……マガツは死なせない」

絶対に。

そう呟いて、ヤサカは立ち上がった。

彼女の歩みに追従して、火の玉が周囲を照らした。縁側を進み、玉砂利を踏みしめる。ひとりでに開いた大門を潜り、冷たい夜気の満ちる外へ。

分厚い闇の彼方。彼女の向かう先に聳えるのは、しろへびを戴くフシの御山。

自らの尾を食らう蛇

「ああ……あああああ！」

霧に閉ざされた湖面の水が、叫び声に合わせてのたうった。

「マガツ……！　ああ、マガツ！」

しろへびの嘆きの声が湖を渡り、震わせる。荒ぶる神を前に為す術はなく、報せをもたらしたカワムラはじめとする眷属たちは、ただ身を縮めて嵐が過ぎるのを待つばかりであった。

ヤノオオス家の血を引くマガツがヤノオオス家に入ることを選んだならば、当然に呪いの対象となる。呪いの本体であるしろへびには対象を選ぶことも呪いを弱めることもできない。ただ存在するだけで、ヤノオオス家に連なる者たちを苦しめる。それが頂のしろへびという神なのだ。

「おのれ！　何故だ、どうしてこんなことになった！　悪辣なる人間どもめがああ！」

怒れるしろへびは、ふと気配を感じて、湖岸に意識を向けた。

そこにいるのは、間違いなく人間だった。だがほかの人間とはどこか気配が異なる。しろへびは苛立ちに尾を鳴らしながら岸に上がった。

人間の形を模したしろへびと同じく、白い髪と赤い目をした女が立っていた。

「何だそなたは？」

威圧的に問うたしろへびに、人間の女はいささかも怯む様子を見せなかった。

炎を思わせる赤い目が、しろへびを見据えてギラリと光った。

＊＊＊＊＊

葬儀に集まった人々は一様に神妙な表情をしていた。しかし、薄皮一枚隔てた好奇心を隠しきることはできなかった。

残されたヤノオオス家の者はヤノオオス公アシナオウと娘のツマグシの二人きり。だが、遺族が座る席は三つ用意されていた。上座にはアシナオウ。そしてツマグシを差し置いて次席に腰掛けるのはクシナの治療に携わっていたとされる青年――すなわち、マガツであった。

不可解な人物が座している一方で、葬儀の中心である聖職者、故人との縁も深かった天司ヤサカの姿はどこにもなかった。

「これは困りましたな」

ヤサカ誕生以前に天司であった男は、本当に困った様子で呟いた。

「仕方がない。ここはヤサカ様の代理として私が――」

「それはならぬ」

異を唱えたのはマガツであった。

「この場はヒサ――ヤサカ殿に取りまとめていただきたい。待つこととなっても」

元天司は恭しい礼をもって引き下がった。参列者からの困惑の視線がマガツに向かう。何故この青年の意見が葬儀を動かすのか……。

「お待たせしてしまったようですね」

玲瓏《れいろう》とした声が場の困惑を切り裂いた。赤い目と白い髪。瑞兆たる天司が足を踏み入れると、会場は神秘の世界に変わる。一歩、一歩。踏み出すたびに、彼女は人々の心を攫った。

「おお、ヤサカ殿。遅かったではないか。待ちわびたぞ」

アシナオウが声をかけると、ヤサカは微笑んだ。妖艶な笑みだった。

「あら、あなたもこのような場では多少の礼節は見せますのね。でも結構よ。いつものとおり、ヒサギとお呼びなさい」

その発言に、参列者たちがどよめいた。

「ではヒサギ殿。娘の葬儀をお願いいたす」

「ええ」

ヒサギは軽く頷いて、優雅な歩みでクシナの棺の前に立つ。眠るクシナを深紅の目で見つめ、わずかに睫毛を震わせた。

やがてヒサギは棺の右側を通って会場の奥へと進み、神体と向き合った。

幾多の動物の姿が彫り込まれた輪であった。頂点に狼、中心には人。さまざまな動物が喰い喰われて為す円環の前で、ヒサギは跪いた。

「天と地を統べる円環よ、今ここに汝の愛子が生を終え、御許へと還る」

祈りの言葉が始まると、会場に白服の男たちが入ってくる。葬儀のために訪れた天ツ門の者たちだった。彼らの手から参列者に、黒い砂が渡された。

「炭……」

マガツはぽつりと呟いた。

「遺体がよう燃えるように棺の中に入れるのだ。これが儀式の一部になっておってな。作法がわからんであろうから、まあ見ておれ。父が手本を示してやろう」

アシナオウは小声で言うと、颯爽と立ち上がる。無作法に足を踏み鳴らして歩き、炭の粉を棺に投げ込むと、席に戻ってあぐらをかいた。とても正しい作法とは思われなかった。

「次はそなただ」

アシナオウに促されて、マガツは立ち上がる。棺の前に立って、クシナと向き合う。二度と開くことのない瞼が、彼女とマガツとの間をどうしようもないほどに遠く隔てていた。夜の間彼女を包んだ花はいつの間にか撤去され、アシナオウが投げ入れた炭が白装束を汚していた。マガツは少し迷ってから、炭をクシナの胸の上に積む。炭は綺麗な山の形を作って、いささかも崩れはしなかった。

マガツは無言で己に割り当てられた席に戻った。

続いて立ち上がったツマグシは、鼻を啜りながら、優しい手付きで炭を入れた。涙を零したのは席に戻ってからだった。

参列者たちが粛々とクシナの棺に炭を入れてゆく。ヒサギの祈りは途切れることなく続いた。

全ての者が炭を入れると、天ツ門の者たちが進み出た。残った炭を棺に入れて、均す。顔だけ残して炭に埋もれたクシナの周囲に花が敷き詰められる。

皆が棺から離れると、ヒサギが立ち上がり、振り返った。祈りの言葉を絶やさず棺の前まで移動し、高々と手を掲げ、棺を示すように下ろした。

棺に炎が宿る。

ヒサギが手を下ろせば縮み、上げれば伸びて、回転すれば渦を巻き、舞いに合わせて轟々と踊る。炎の中で花が縮れ、揺れ動く。艶やかに流れる白髪が、炎を鮮やかに照り返す。

「クシナ・ヤノオオスの旅路に安らぎのあらんことを」

ヒサギが両手を高々と掲げ、花のように指を開くと、炎は一挙に天井近くまで伸び上がり、弾けて、嘘のように消えた。

あとには灰の山だけが残った。

灰は壺に入れられて運び出され、墓場に掘られた穴に撒かれて、埋められた。クシナの灰を埋めた土に、ヒサギが木の苗を植えた。それを見守ったあと、参列者たちは一人また一人とヤノオオス家に帰っていった。墓地に残るのはマガツとヒサギだけになった。

「何の苗だ？」

マガツは静かにヒサギに問うた。

「さて、何でしょう？　育つのを待っていてください」

「見届けられるかどうか……」

「大丈夫ですよ。あなたは死にませんから」

　ヒサギはきっぱりと、言い切った。冷たくすら思える言葉の切れ味に、違和感を覚える。それをマガツが捉えるよりも前に、ヒサギはマガツを見上げて柔らかな微笑を浮かべた。

「戻りましょう。アシナオウはあなたを皆さまに紹介するつもりのようですから」

「ああ、そう、だったな」

　腑に落ちぬものを抱えつつも、マガツはヒサギと共にヤノオオス家への道を辿る。振り返れば、植えられたばかりの苗が心細そうに風にそよいでいた。


　葬儀を終えると、ヤノオオス家は途端に政治の場と化した。

　この場に来たという事実を最大限に利用しようとする貴族たちが今もっとも関心を示しているのはマガツだった。

　葬儀の席次、炭入れの順番。いずれも、彼がヤノオオス家の次期当主であることを示していた。

　アシナオウは、まだ若い。当主の交代ははるか未来のことであるし、ヤノオオス家の子は短命続き。マガツの前途は計りきれぬが、重要人物には違いない。

アシナオウが彼の紹介に移るのを、皆、今か今かと待っていた。

「皆、本日は我が娘のためによくぞ集まってくれた」

アシナオウの声が響くと、貴族たちは一斉に口を閉ざした。

「年頃の娘の死に心を痛め、またヤノオオス家の未来を案じてくれた者も多かったことであろう。何しろ最後に残りしは婢《はしため》との間に生まれた小娘。だが、実は儂にはもう一人、立派な子がおる！」

そう言ってアシナオウが閉じた扇で示したのは、やはりマガツであった。

「紹介しよう。我が息子にしてヤノオオス家の次期当主、ススノホである」

十人十色の感嘆詞が異口同音に溢れ出し、次いで無数の言葉がマガツに降り注いだ。

「やはりそうでございましたか」

「いや、さすがはヤノオオス公の血を引いておられるだけあって、美丈夫にございますな」

「葬儀の折の堂々たる立ち居振る舞い、思わず見惚れてしまいましたぞ」

「神通力をお持ちという噂は事実にございましょうか？」

立場が明言された途端に我先にと声をかけてくる彼らの態度に、マガツははっきりとした嫌悪を感じた。

「……あなた方はクシナの葬儀に参列するために来られたのかと思ったが、どうやら違うようだ」

　吐き捨てるようにマガツは呟いた。彼の心の内に応えるように、一陣の風がその場を襲う。参列者たちの喪服を巻き上げ、烏帽子を攫い、屋敷の壁を不吉に鳴らす。参列者たちは狼狽して顔を見合わせた。ツマグシが怯えてヒサギに身を寄せる。

「マガツ……」

　ヒサギが窘めるように言うと、マガツは息を吐いた。風がやむ。

「そもそもは娘の治療のために迎え入れた若者であったのだが、ヤサカ様が出自を調べてくださってな。生き別れた息子であることが発覚したのだ」

　生じた静けさに、アシナオウの声が滑り込む。ヒサギが眉を寄せた。

「アシナオウ？」

　ヒサギが怪訝そうに口を開いた時だった。突然、空気が凍った。何が起きたわけでもない。皆が同じ瞬間に口を閉じ、何かの予兆に身を竦ませる。

「……まさか」

　マガツはヤノオオス家の大門に見開いた目を向けて、喘ぐように息を吸う。全ての音がやんだヤノオオス家に、大門が開く低い音が響いた。

「これはこれは。人間どもは乱痴気騒ぎの最中であったか」

　美しい女性の声が、地の底から湧き出でる怨嗟の如き底知れない不気味さを伴って人々の耳に届いた。

門を潜ったのは、ヒサギと同じく純白の髪と赤い目を持つ女性であった。彼女が滑るように進むたび、ジャワジャワと奇怪な音が周囲に響く。

「母上……？」

マガツの呟きは、周囲の者には認識されなかった。今は全ての耳目が頂のしろへびに注がれていた。

「おお、これは何とお美しい！」

声を上げたのはアシナオウだった。

「実に人間離れした美しさ、立ち居振る舞い。何とも神々しい。いずこかの神とお見受けするが、何のゆえあって我が屋敷を訪《と》われたかな？」

無遠慮にしろへびに近付くアシナオウに、タケビトが急ぎ足で続く。

「……そなたがヤノオオス公アシナオウか」

ぼそり、としろへびが呟いた。紅の目が怪しく輝く。

「全くもって、度し難い。そなたの子は殺しても殺しても蛆のように湧いて出よる。もしや呪ったつもりが子宝の祝福までも与えてしまうたか？」

どよめきが走った。恐慌と困惑がその場を支配する。アシナオウは獰猛な笑みを浮かべた。

「そうやもしれぬ。ついでに金運ももたらしてくれれば実にありがたかったのだが！」

「ふざけた男よ、アシナオウ」

しろへびはついと立てた長い指でアシナオウを指し示した。

「穏便に呪い殺そうと思うておったが、そなたの子が際限なく湧き出すものだから、ついに直接潰しに来たというわけじゃ。観念するがよい！」

しろへびが鋭く指を振る。生じた空気の流れがヤノオオス家の壁を引き裂いた。大きく揺れた家から、人々は我先と逃げ出した。

「おお、恐ろしい」

ちゃっかりと攻撃を避けたアシナオウは、主を庇うタケビトの背後で呑気に扇を煽いでいた。

「待ちや！」

破壊の風がアシナオウとタケビトに向けて走る。二人が圧搾される寸前、ヒサギが躍り出た。進路を変じた風が屋敷を吹き飛ばす。

「天兵よ！」

ヒサギの声に応えて、白装束の集団が手に手に武器を構えてしろへびを囲む。選抜された天兵であるはずの彼らは、しろへびのひと睨みで石のように固まった。

「蛇睨み――きゃあ！」

しろへびが起こした風がヒサギを打つ。マガツは倒れたヒサギを抱え上げ、崩落しかかった壁の影へ飛び込んだ。一瞬、しろへびと目が合った。赤い目はただただ冷たかった。

「大丈夫か？」

「……はい」

ヒサギは傷を受けた顔を歪める。衣服の一部が溶け落ちて、爛《ただ》れた肉が覗いていた。

「毒の風のようですね」

「ま、待っておれ。すぐに治す、治すから……！」

マガツはヒサギの傷に手を触れた。時が戻るように傷が消えてゆく。だが肉が真皮に隠れると、回復は鈍化した。

「な？」

「……ただの傷ではなさそうです」

じくじくとした傷の痛々しさが、マガツを追い立てた。

「母上！」

マガツは叫んで飛び出した。抜き放った刃は、ムラクモ。しろへびとの距離を詰め、振り下ろそうとして、ためらう。

「母上、もうやめてください。これ以上犠牲者を出すのは――」

「黙れ」

蠅を払うような仕草一つで、マガツは弾き飛ばされた。家の壁に叩き付けられて息が詰まる。一瞬暗転した視界が再び戻った時、目の前にしろへびの顔があった。

ジャワジャワと、不気味な音が響き渡る。

「調子に乗るな、呪具ごときが……」

開いた口から鋭い牙が覗く。瞳孔が縦に広がった。

「生かしてやった恩を忘れおって」

意思に反して体が浮き上がる。巻き付いていた蛇が、俄かに締め付けを強めた。筋肉が悲鳴を上げ、骨が軋む。締め上げられた内臓が圧力からの逃げ道を探してせり上がる。

「ススノホ様！」

タケビトが抜刀の勢いに乗せた刃を走らせる。しろへびは舌打ちをしてマガツを彼に投げつけた。二人して地面に叩き付けられる。蛇の拘束が緩み、マガツは激しく咳き込んだ。

「ススノホ様、ご無事ですか？」

タケビトの声は耳鳴りに掻き消された。

「母上が、私を……」

殺そうとした、という言葉は声にならなかった。

「ヤノオオス家の者は皆殺しじゃ。領民も、関わりを持った者も、全て殺す。例外はない」

しろへびは冷たく笑う。

「させませぬ！」

ヒサギの声がした。しろへびに向けて飛んだ風の刃は、吐息一つで消し飛ばされた。

しろへびがヒサギを指で示す。マガツの脳裏に、爛れた傷が甦る。

「やめろ！」

ムラクモが走る。しろへびの首が、ぽとりと落ちた。マガツは息を呑む。

「は、母上……」

自分のしたことを受け入れられず、マガツは座り込む。しろへびは倒れなかった。

しなやかな手を首にかけ、どこからともなく頭を引っ張り出した。

「え？」

振り返ったしろへびの顔は、頭を飛ばされる前と寸分も変わりなかった。

「どうやらこの身体ではこれが限界のようじゃ」

言うと、しろへびはふわりと宙に浮き上がった。

「わらわを滅するのが望みなれば、フシの山頂まで来るがよい」

「母上、そのようなことは望みませぬ。ただ荒魂をお鎮めくだされば――」

「ならば指をくわえて見ておるがよい。ヤノオオス領の終焉を……」

どん、と地面が揺れた。立っていることができずに倒れ込んだマガツを冷ややかに見やって、しろへびは悠々と飛び去った。最後まで残っていた大門が崩れ落ちた。

揺れが収まったあと、マガツは飛ばされたしろへびの頭を拾い上げた。

それは球状に変形した、巨大な蛇の抜け殻だった。

領主の姫の喪に服す東の都オキノイシを、巨大な地震が襲った。

十七年前の大地震と遜色のない大揺れに、多くの建物が崩れ落ちた。

人々が悲嘆にくれる中、マンジュシャゲは店の残骸に腰掛け、優雅に煙管を吹かして、過去に思いを馳せていた。

親に売られて絶望していた日々。ふと出会った領主の三男坊に励まされ、身請けされ、自由を手にして、ただ無邪気に喜んだ。売られた女を自由にするために積み上げた悪評が、彼の未来にもたらす影響など想像もしなかった。

ミチオク領との距離は遠く、運命の結び目はあまりに儚い。家のために引き裂かれたあと、ムバタマは何を見聞きし、何を思ったのか。膨れ上がった憎しみと恨みは、かつての許婚を苦痛と絶望の淵に叩き落とし、彼をすっかり変えてしまった。

親の責を娘が負うことはない。そう言ってくれた領主の三男坊は、あの地震で死んだのだ。あとに残ったのは世の全てを軽蔑し、誰のことも愛さない、呪われた男。ヤノオオス公アシナオウ。

どこからか響いた叫び声が、マンジュシャゲを追憶から呼び戻した。

「何の騒ぎだろうねえ、やかましい」

悪態を吐いて立ち上がった時、大きなものを引きずるような音が聞こえた。マンジュシャゲは嫌な予感を胸に抱えて耳を澄ました。

突然、崩れかけた家を破壊して、泥に塗れた巨大な塊が路地に這い出してきた。それは体に纏った泥と粘液を撒き散らし、大地を震わせながら、激しく身をくねらせた。

「な、何だいこりゃ？」

とっさに瓦礫の山から跳び下り、着物の裾をたくし上げて走る。

振り返ったマンジュシャゲが肩越しに見たものは、直前まで自分が腰掛けていた瓦礫の山を吹き飛ばす、巨大な尾びれだった。

神の子マガツのもたらした豊穣の田。皆で興した輝ける土に水が張り、幼い稲が愛らしい葉を天に広げている。

その田を突如襲った揺れは、皆に十七年前を想起させた。当時まだ幼かったウルシネにとっても、竦み上がるに十分な体験であった。

慌てて家から飛び出した農民たちは、身を寄せ合って揺れをしのぎ、ようやく収まったと息を吐いた。

直後に、再び激しい縦揺れに襲われた。

地震の揺れではない。まるで巨大なものが落ちてきたかのような……。

一人の農民が、悲鳴を上げて何かを指さした。

皆が彼の示した先を見て、同じように悲鳴を上げた。

醜い疣《いぼ》に覆われた体。四本の手足をのしのし動かし、巨大な腹を引きずって歩くのは、小山ほどもある大蝦蟇であった。

大蝦蟇は田を踏みつけて足を止めると、飛び出た目をぐっと閉ざした。やがて目の後方、人で言えば耳に当たるであろう場所から、得体の知れぬ白い液体が沁み出してきて、田に溶け広がった。たちまち水には貝や子蛙が浮かび上がり、幼い稲は黄色く変じてしおれ、命を失った葉を揺らした。

心を割いて育てた田が死んでゆくのを、農民たちはただ祈りながら見つめることしかできなかった。

「フシの御山から魑魅魍魎《ちみもうりょう》が溢れ出て参ります。オキノイシには大鯰、イナノには大蝦蟇が！」

報告された被害状況に、ヒサギは努めて平静を装い指示を出す。

「しろへび討伐部隊の編成を急ぎなさい。元を断たねばなんともなりません」

「しかし、それでは街が……！」

「ある程度は許容するよりありません」

術を施した布で毒に侵された傷を覆い、天軍の戦装束を身に着け、薙刀と弓矢で武装すると、ヒサギは立ち上がる。傷が引き攣るように痛んだ。

「おお、凛々しい姿だのう、ヒサギ殿」

からかうような声はアシナオウのものだった。ちらりと視線をやれば、アシナオウもまた武装していた。

「あなたこそ、血生臭い恰好がよくお似合いです」

「よせよせ、くすぐったいではないか」

「褒めてはおりませぬ」

ヒサギは込み上げる苛立ちを噛み殺した。

「大鯰と大蝦蟇以外は天兵で対処可能です。私とススノホ殿で二体を撃退したあとに攻勢に出れば、被害は最小限に抑えられましょう」

「では化け物はそなたらに任せるとしよう。我々も態勢が整い次第合流しようぞ」

「時間がかかりますか？」

ヒサギの問いに、アシナオウはいや、と首を横に振る。

「それほどでもあるまい。何しろ、苦労して整備した参道がそのまま進軍に使えるのでな。余計な装備が要らぬ。信仰心は持っておくものだな。神殺しが捗る」

「不信心の極みですね」

「真に！」

アシナオウは高らかに笑うと、ヒサギを残して踵を返した。

「アシナオウ！」

気になっていたことを問おうと声をかけても、アシナオウは足を止めない。ヒサギはすぐに追うのを諦めた。今はほかに優先すべきことがある。

「マガツ？　どこですか？　返事をしてください」

「ヤサカ様」

幼い声が、ヒサギを呼んだ。

「ツマグシ？」

視線を向けると、ぽつんと残った屋敷の壁の向こう側から、ツマグシが手招いていた。駆け付けてみれば、マガツが壁に背を預けて座り込み、庭に並べられた遺体に呆けたような視線を注いでいた。頬にできた擦り傷に、ツマグシが花を当てた。

「ツマグシ、門のところに軽傷の者たちが集まっています。そちらへ行っていなさい」

とても子供に見せるべき景色ではない。今さらながら、女官を呼んでツマグシの保護を指示する。ツマグシは女官に促されると、マガツに花を差し出した。

「使って」

「……自分で治せる」

力のない声でマガツは応えた。ツマグシは少し考えてから、マガツの髪に花を挿し入れた。

「私を一人にしないでね、お兄さま」

マガツがぴくりと肩を揺らした。女官がツマグシの手を取り、袖で目を隠すようにして連れてゆく。それを見送ってから、ヒサギはマガツに言葉をかけた。

「マガツ――」

「母上が人を殺した」

噛み締めるように、マガツは言った。落とした肩に、蛇体が重苦しくのしかかっていた。

「皆、明日を信じて、布石を打つようにして生きておったのに。何と惨い……」

マガツが嫌悪感を抱くほどに生きることに貪欲だった人々が、もはや欲を持つことすら叶わない。

「終わらせねばなりませぬ。私たちで、この惨劇を」

ヒサギは強い調子でマガツに言葉をかけた。

「母上を殺せと言うか?」

「もはやそれしか、止める方法はないのです」

「……そうか」

すらりと、マガツは刀を抜いた。しろへびが神殺しの武器としてマガツに授けた刀・ムラクモである。

「何をしているのです?」

刃を映すマガツの目に、怪しい輝きが宿った。

「私が死ねば、母上は——」

「やめなさい!」

ヒサギはとっさにマガツを抑え込みにかかった。

「同じことではありませんか。いいえ、もっと酷い。あなたまで死んでしまうのですよ？」

「それでよい！　少なくとも母上に刃を向けずにすむ！」

「愚か者！」

ヒサギは平手で強《したた》かにマガツの頬を打った。力が緩んだ隙に、組み伏せる。髪に挿した花が落ちた。

「あなたが死ねばしろへび様も死ぬというのは、私の推測にすぎませぬ！　絶対ではない。実際、今しがたあなたはしろへび様に殺されかけたではありませんか。もしもあなたが死に、しろへび様が健在であられたら、誰があの方を止めるのです？」

「だが――」

「あなたが死を選ぶのなら、私もあとを追います！」

勢い任せにヒサギは叫んだ。マガツは啞然とヒサギを見上げた。ヒサギの心を満たした熱が涙となって零れ落ち、マガツの頬を濡らす。

「お願いです……。私を殺さないでください……」

「それは……卑怯ではないか……」

マガツが顔を歪めた。力を緩めたヒサギを押しのけるようにして起き上がり、刃を納める。

「マガツ、どうか闘ってください。しろへび様の眷属と思しき怪物たちが、人々を襲っています。しろへび様を倒し、皆を救ってください」

ヒサギはツマグシの花を拾い、差し出した。七年越しに戻った花を手に取って、マガツは低く、嗚咽を漏らした。

幼い日々は遠く

「マガツ様、マガツ様」

ヤノオオス家からオキノイシ市街へ向かう道中。マガツは馴染み深い声に呼び止められた。

「カワムラか？　どこへ行っておった？」

応じると、カワムラは藪から現れて、潤んだ目でマガツを見上げた。

「しろへび様の御許にございます。不肖カワムラから、マガツ様にご提案がございます」

「提案？」

マガツはカワムラを見下ろす。一歩分の距離が、とても遠い。

「しろへび様の下にお戻りになってはいかがでしょう」

マガツはすぐには反応しなかった。カワムラの意図を理解しかねたのである。

「何故そうなる？」

「しろへび様は、マガツ様のことを未だ愛おしくお思いです」

この期に及んで、その言葉が嬉しかった。そんな自分が厭わしい。

「それが、どうしたというのだ？」

努めて冷たい声で、マガツは問う。

「マガツ様がお戻りになって諫言《かんげん》されれば、こたびの牙はお納めくださるでしょう。そして、今しろへび様の呪いを抱えておられるのはマガツ様です」

「ああ、私は呪われておる。母上に……」

「しろへび様は、呪いを解くことも対象を選ぶこともできぬのです。呪いは広くヤノオオス領にかかっており、より強力なものがヤノオオス家の者に無作為に降りかかるのでございます。ヤノオオス領全域にかかった弱き呪いは破られました。そして強力な呪いは複数人に同時に発動することはないのだそうです。……つまり、マガツ様がご無事のうちはほかの誰も呪われはしませぬ」

カワムラの飛び出した目には、真剣な光が宿っていた。

「しろへび様は呪いを解くことはできませぬ。けれど、マガツ様を癒すことはできまする。しろへび様の下におられる限り、マガツ様は平時と変わらず過ごせましょう。これは、事実上呪いが解けたのと変わらぬのではありませぬか？」

マガツの生ある限り、ほかの誰も呪われない。そして、マガツの生の終わりが呪いの終わりをも意味するのであれば、マガツの死後も誰一人として呪われない。

「皆が幸せになる方法にございます」

畳みかけるようにカワムラは続ける。

「マガツ様はヤノオオス家を呪うための生贄として捧げられた赤子にございました。こたびは呪いを寛解させる生贄となるのです」

呪いはないも同然となり、ヤノオオス領は平穏を取り戻し、しろへびも存在し続ける。

そんな素晴らしい未来を、マガツの心が否定した。

「すまぬ、カワムラ。……できぬ」

カワムラは潤んだ大きな目を繰り返し瞬かせた。

「それは、何故にございますか？」

「クシナがおらぬ」

未来にクシナがいたならば、受け入れることのできる提案だった。今となっては取り返しがつかない。

「何もかもが遅すぎるのだ」

マガツは苦い笑みを浮かべた。

「マガツ様、マガツ様！　何を仰るのです！　どうか、お心を静めて――」

「黙れ！」

マガツの怒声が空気を震わせる。気まずい沈黙が落ちた。カワムラはしばらく体温のない視線をマガツに注いでいたが、やがて飛び出した目をぎゅっと閉じた。

「では、マガツ様はカワムラの敵にございます」

蛙に似つかわしくない乾いた声で、カワムラは告げた。

「カワムラ？」

「カワムラの主は、しろへび様だ！」

カワムラの声は信じがたいほどに冷たく剣呑だった。

「人間風情が、身のほどを知れ！」

そう叫ぶと、カワムラは身を翻した。

「カワムラ！」

茂みの奥で、草を蹴る音がした。それを最後に、カワムラの気配は消えた。取り残されたマガツは、しばしカワムラの消えた茂みを見つめて立ち尽くしていた。

崩れた街が波打って、ぶつかり合いこすれ合い、さらに細かく崩れてゆく。

逃げ惑う人々を襲う怪物は、瓦礫を纏った大鯰であった。

体を大きく揺らして瓦礫を撒き散らし、そのたびに人命を巻き込んだ。

「手に負えぬ！」

天兵が悲痛な声を上げげた。彼らの攻撃は全て瓦礫と泥と粘液の鎧に弾かれ、大鯰に届かなかった。そのくせ手を出すたびにむずかって暴れ、被害を拡大させる。もはや民をひとところに集めて大鯰の攻撃から守るので精一杯だった。

「まずい！」

地面が不気味に揺れる。瓦礫の山と同化した大鯰が跳ね上がる予兆であった。天兵たちは盾を構え、その本分を引き出すために力を注ぐ。

大鯰が跳ねた。地面が人々の両足を振り切ろうとするように激しくうねり、瓦礫が頭上より降り注ぐ。

「まだ、まだだ……」

盾を維持できる時間は短い。防ぎきれなければ皆生き埋めとなる。

「今だ！」

絞り出した神通力が盾を通して守りの力を帯び、傘の如く人々の頭上を覆う。瓦礫がぶつかると、総力を注いだ守護の傘が頼りなく揺らいだ。

「駄目だ、持たない……！」

術の触媒である盾が砕け散る。同時に術で広げられた守護の傘も砕けた。身を竦ませて見上げた先、瓦礫と泥と粘液に埋め尽くされた空に絶望が広がった。

その時、風が吹いた。

瓦礫も泥も粘液も、全てを絡め取って去り、あとにはただ青い空が広がっていた。人々は半信半疑で己の生を確かめた。

見目麗しい若者が、被害を免れた家の屋根に降臨した。

「ビョウネン……」

マガツの呟きに、大鯰がぴくりと尾を揺らした。

「おおおぉ、マガツ様……。おいたわしいお姿です」

瓦礫の塊から発せられた声は、マガツだけに伝わった。

「退け。さもなくば……斬る！」

「斬るがよろしかろう。ビョウネンは退きませせぬ」

大鯰はぬるりと移動を開始した。追うマガツを尾の一振りで牽制し、さながら街を泳ぐように、瓦礫の飛沫を上げて這う。巨体に見合わぬ速度だった。

「止まれ、ビョウネン！」

マガツの言葉に反して、ビョウネンは速度を上げる。行く先では生存者たちが身を寄せ合っていた。マガツは大鯰の頭に乗って、声を振り絞る。

「ビョウネン、頼む！　やめてくれ！」

マガツの懇願は届かない。

「マガツ様をたぶらかす人間ども。このビョウネンが食ろうてくれる！」

大鯰は巨大な口を開いた。全員丸ごと呑み込む勢いである。人々は迫り来る顎を見やり、降り立った神の子に祈りを捧げる。

マガツは一つ息を吐き、刀を振り上げる。一瞬、マガツの脳裏に幼い日の思い出が過った。乱暴者だったマガツは、よくビョウネンを木の棒で叩いた。ビョウネンはいつも少しだけ抵抗して、ほどよいところでやられてみせた。

奥歯を噛み締め、鋭く息を吐き出して、マガツは刃を突き下ろした。ムラクモは粘液も皮膚も頭蓋までをも容易く通り抜け、脳を突き刺した。大鯰はビクンと跳ねて、進行を止めた。のたうち、やがて力なく全身を伸ばす。

「マガツ様、マガツ様。どうか、ご勘弁を。……ビョウネンはもう限界にございます」

「なんだ、情けないぞ……。少しは、私を……手こずらせてみせよ！」

「大きうなられたなあ、マガツ様」

低い声で呟いて、それきりビョウネンは何も言わなかった。マガツは顔を伏せた。

「大鯰を倒したぞ！」

湧き上がる歓声の中、マガツは一人、肩を震わせた。顔を伝い落ちた雫が、泥に小さな跡を刻んだ。

大蝦蟇の耳腺《じせん》からだくだくと零れる毒液は田より溢れ、周囲の家を呑み込もうとしていた。

農民たちは大鯰の暴れる街へと逃げ込むか、あるいは怪異が溢れ出るフシの御山に踏み入るかの選択を迫られ、結局は逃げ遅れた。

茅葺の家の屋根に上り、今にも崩れそうな足場となおも嵩を増す毒液とに怯えながら、毒の源泉である大蝦蟇を見つめているよりなかった。

ふと、温かいものが体を通り抜けたような気がした。毒液が押し出されるように引いていき、枯れ果てた地面がむき出しになる。見えない壁が、毒液を押しやっているようだった。

「こちらへ！」

高らかな声が響いた。何を考えるよりも早く、農民たちはその声に従った。屋根を降り、声の元へと駆ける。

白い髪と赤い目の女性だった。見紛うことなき、瑞兆の姫。天兵を従え、鎧を身に着け、片手に薙刀、もう一方の手には小さな盾を引っ掛けた杖を持っていた。顔の半ばを覆った包帯から、痛々しい傷が覗いている。

「ヤ、ヤサカ皇女……？」

雲上人の登場に、ウルシネは思わず呟いた。

「ヒサギと呼んでください」

冷やかとも思える声で、彼女は名乗る。

「方々、私の傍を離れぬように」

ヒサギが優美な盾と杖を傍らに突き立てる。毒液が再び間近に迫ってきた。ウルシネたちは悲鳴を上げて身構えたが、毒液が民に届くことはなかった。見えない壁は健在で、ただ径を狭めただけだった。ヒサギは薙刀を天兵に預け、代わりに弓と火薬の仕込まれた矢を受け取って、大蝦蟇に向けて弦を引き絞る。

標的はあまりにも遠い。しかし彼女の赤い目は、少しも揺らぐところのない。放たれた矢は真っ直ぐに飛んで、大蝦蟇の皮膚で弾け、火薬を撒き散らした。同時、凄まじい火柱が立ち、疣だらけの皮膚を燃やす。

「す、すごい……！」

呆けたような感嘆が誰ともなく漏れる。

第二射、第三射。全てが吸い込まれるように大蝦蟇に刺さり、炎を吹き上げ、あるいは爆発を生じ、皮膚を焼いていく。

大蝦蟇が突然、顔を動かしてウルシネたちを見据えた。まるで何かを考えているように首を傾げたと思うと、わずかに尻を持ち上げて前傾姿勢をとる。直後、舌打ちにも似た巨大な音と共に何かが飛んだ。ヒサギの手が突き立てられた盾へと伸びる。金属がぶつかり合うような音がして、飛んできた何かは大蝦蟇の口の中へと戻った。

巨大な舌を伸ばしたのだ。蛙が餌を捕らえる時の動作であると気が付いて、ウルシネは卒倒しそうになった。

「投げよ！」

ヒサギの声に応えて、天兵たちは火薬袋を投げ上げた。ヒサギは右手に品のいい扇子を開いて扇ぐ。突風が火薬袋をさらい、中の粉を撒き広げて大蝦蟇へと向かう。ヒサギが掲げた左手には火打ち石が握られていた。

火薬を孕んだ風に炎が走る。

迸る炎と爆発は内へ内へと収束し、太く長く伸びて炎の蛇を象った。

炎の蛇は大蝦蟇に頭から食らいつき、ゆっくり、ゆっくり、顎を体へと進めてゆく。

「や、やった……」

ハホネが呟いた。直後、大蝦蟇が暴れ、毒液を噴射した。炎でできた蛇の体が揺らぐ。大蝦蟇は蛇の口から逃れると、巨体に不釣り合いな軽やかさで跳躍し、炎の蛇に抱きついた。毒の粘液が炎を妨げる間に、蛇の体が分断される。

「駄目だ、勝てない……」

悲痛な声が上がる。ヒサギはかまわず扇子を閉じ、回した。ちぎれた炎が大蝦蟇の周囲で渦を巻き、毒水の田に広がった。

「ただの炎の塊です。蛇の形を壊したところで意味はない」

大蝦蟇がぎょろりとヒサギを見た。燃え上がりながら、一歩、二歩。ぐらぐらと泡を立てる毒液を波立たせて迫り来る。農民たちは悲鳴をあげて後退った。

「大蝦蟇よ、気付きませぬか？　すでに勝敗は決しています」

「なに？」

大蝦蟇が怪訝そうな声を上げた。

「茹で蛙のできあがりです」

大蝦蟇の前脚が力を失い、毒の田に倒れ伏す。

「なんだ……力が、入らぬ……」

「己が釜茹でにされていたのに気付きませなんだか。悲しい性《さが》ですね」

ヒサギは天兵から薙刀を受け取り、熱を持った毒液を払って大蝦蟇に歩み寄った。

蝦蟇の眉間に刃を突き立て――

「ヒサギ……」

静かな声がヒサギの動きを留めた。

「マガツ様！」

「マガツ様だ！」

久方ぶりのその姿は、かつての快活な青年のものではなく、神秘の威厳を備えた高貴な人のものになっていた。マガツが田に踏み込むと、毒液はたちまち清浄なる水に変じた。

腐り落ちた稲は戻らなかった。

マガツは大蝦蟇の前に立ち、慈しむように鼻先を撫でる。

「この米は、皆が母上に献じようと育てていたものだ」

マガツは額を大蝦蟇の顔にくっつけて、かすれた声で呟いた。

「ガマメ……そなたの炊いてくれた米は、美味かった」

表情のない大蝦蟇が微笑したように見えた。

「嬉しゅうございます、マガツ様……」

大蝦蟇はぎょろりと飛び出た目を伏せて、それきり動かなくなった。

稲の死に絶えた田の中で、マガツは長い間、大蝦蟇に寄り添っていた。

天兵とヤノオオス家の兵たちが列を為して街を歩き、田を横切り、フシの御山を目指して行進する。

崩れ果てて泥と粘液に上塗りされた街。人々は啜り泣きながらも立ち上がり、負傷者の収容と手当てを始めていた。

水の溢れた田では、海藻のように揺らぐ枯れ稲の中から生きた稲を探し、あるいは無事な種もみを掻き集めようと、農民たちが駆け回っていた。

これほどの被害を生み出す怪異を相手にするのだと気を張る兵たちは、空地に運び出された二体の巨軀を目にして啞然とした。

「おお、これは凄まじい」

二つの骸の前に悄然と座すススノホに、アシナオウは賛美を贈る。

「ススノホ殿が大鯰を、私が大蝦蟇を討伐いたしました」

ヒサギの淡々とした申告は、兵士たちの士気を煽った。

「御山から続々と怪異が下って来ておりますが、いずれもこの二体よりはるかに力劣ります。恐るるに足りませぬ」

街を破壊され、田を踏み荒らされ、この上さらに怪異どもは人の領域を侵犯しようという。義憤に燃える兵士たちに、アシナオウは朗々と響く声で訴えかけた。

「ヒサギ殿とススノホに守られるばかりの貴様らではあるまい！　傲慢にして不遜な神とやらに、我らが掣肘を下してやろうではないか！　ヤノオオス領を覆った暗雲を払い、復讐を果たすは我らなり！

我らなり！　兵士たちは揃って叫び、拳を空に突き上げた。

「これより我らは参道を駆け上がり、頂の湖に鎮座する邪神を討滅する！　進めー！」

「おおー！」

兵士たちは鬨《とき》の声を上げて参道へと駆け込んでゆく。その様を見て、ヒサギは不安げな顔をした。

「勢い任せにすぎませんか？」

「どうせ道は一本しかないのだ。勢いに任せるのがよかろうよ」

アシナオウは呵呵と笑って、悠々と参道に足をかけた。

フシの御山の頂はいつになく晴れていて、霊山はくっきりと空に映えていた。

己を呼ぶ声と駆けてくる若い足音に、アシナオウは歩みを止めた。

「アシナオウ」

「ススノホか。そなたが儂に声をかけるとは珍しい」

「……楽しそうだな、アシナオウ」

「おう、楽しいとも」

アシナオウは頷く。

「何故だ。ここに至るまで呪いを放置しておったあなたが、何故今になってかくも積極的に事に当たる？」

「……以前より、フシの御山を疎ましく思うておった。民草どもを見よ。飢饉だ凶作だと言うては税を納めるのを渋り、公庫を開いて米を配れと嘆願しておきながら、神に捧げる米は融通する。信心深いものだな。だが、信心は人の眼を曇らせる。人は疑うことでしか真実に辿り着けぬというのに」

マガツは言葉の真意を測ろうとするように眉を寄せる。

「信心は往々にして効率を度外視し、それを他者に強要する傲慢を生む。聖域は維持に金がかかる。開墾は不可、保守管理にもお上の許可が必要。せいぜいが参道や祠を作る程度のことしか許されぬ。あるいは、いかな財政難でもそれを作ることを強要される。そんなものが領の真ん中にあるというのは、実に迷惑、極まりない」

「呪いから家族を守るために兵を挙げたわけではないのか？」

「逆かもしれぬな」

人々に禍をもたらす神が降りた聖域であれば、土足で踏み荒らし破壊の限りを尽くそうとも正義である。民の心が離れ、お上の庇護から外れれば、名実ともに聖域はヤノオオス家の土地となる。

「……聖域を攻撃するために、呪いを利用したというのか？」

「天兵の派遣も事ここに至ればこそ叶ったことだ。何よりヒサギ殿がこの場にいることは大きい。天ツ門が許し、瑞兆たるヒサギ殿が伴って為したことゆえ、天帝と言えども異を唱えることはすまい」

「防衛のためでなく、侵略のために進軍しているというのか、アシナオウ！」

「そこは表裏一体よ。どちらを表とするかは人物次第。儂は侵略のつもりでおるし、そなたは防衛のつもりでおる。いずれにしても、行為は同じ」

　マガツの黒い目に怒りが宿る。青いな、とアシナオウは呟く。不快ではなかった。どこか懐かしくなるような、そんな青み。

「そなたも人の業に疎いのう、ススノホよ。美しいものも貴重なものも、愛しいものですらも、欲得のためならば平然と踏みにじるが人の業よ。かつて愛した者を不幸にせしめんとして、生まれたばかりの赤子を贄に捧げる者がいるように」

「あなたとて、家族をこの行軍のための贄に捧げたのであろうが！」

　激情に燃えるマガツに、アシナオウは嘲笑で応じる。

「そのとおり。念願叶って、人の業が聖域を食い潰そうとしておる。儂は今、実に愉快な気分である」

「私は不愉快だ、アシナオウ」

言い捨てて、マガツは健脚任せに列の先へと駆け出した。

「若い、若いのう」

石段を駆け上がるその背を、アシナオウは眩しそうに見つめた。

「私もマガツと同じ疑問を抱いています」

背後で聞こえた女の声に、アシナオウは肩を揺らす。

「おや、いたのか、ヒサギ殿」

「全て聞いておりました。マガツを煙に巻くことはできても私には通用しませんよ。何故今になって積極的になるのかという質問に、あなたは答えていない」

「言うまでもない。事ここに至ってようやく天軍を動かす大義名分を手にしたゆえだ」

「あなたは最初から呪いの絡繰《からく》りを知っていた。天司である私もヤノオオス家に関わっていた。あなたがその気になっていれば、天軍を動かせなかったはずがないでしょう」

アシナオウはふむ、と呟いて顎を撫でた。

「あなた、クシナが死ぬのを待っていましたね？」

「おいおい、儂が可愛い娘にそのような仕打ちをすると思うか？」

「あなたが可愛いと思っているのはマガツだけなのでは？」

アシナオウはヒサギに冷やかな目を向ける。それにも増して冷やかな視線が返ってきた。

「いろいろと思い返してみたのです。呪いに対するあなたの行動はことごとくおかしい。自らにも降りかかる可能性があるというのに、その解呪に非協力的なばかりか、家族が苦しむ様を楽しんでいるようにすら見えました。……これはあなたが非道で残虐な狂人であるがゆえと納得していましたが――」

「そなたは儂を何だと思っておるのだ」

「タケビトがあなたに心酔している様子を見て少し考えを改めました。もしかしたらあなたにもそれなりに理屈があるのかもしれない、と」

「ふむ、それで?」

アシナオウは足を止め、後続の者たちに先に行くよう手ぶりで示した。タケビトだけがその場に残った。

「一つ、仮説を立てました。この仮説はあなたの奇怪な行動の数々と、そしてムバマがしろへび様を召喚するに当たって最後の壁になっていた問題、すなわち神通力の不在を解決するものです」

「……聞こうか」

瑞兆の赤い目が、アシナオウを覗き込む。静かに、しかし厳かに、ヒサギはアシナオウに真実を問うた。

「あなたも、ヤノオオス家を呪ったのですね？」

沈黙が降りた。無言を貫いたところで、ヒサギが引き下がることはあるまい。やがてアシナオウは口を開いた。

「兄上たちが亡くなられた折、儂はちょうどそなたらくらいの年齢であった」

善良で幼く、無力で愚か。当時を思い出して、皮肉な笑みを浮かべる。

「当時の儂にとって、ヤノオオス家はあまりにも大きく尊いものであってな。己の感情で捨てられるものではなかった。そしてムバタマはヤノオオス家当主の妻としては身分が低すぎた。父上に婚約解消を迫られれば、それ以外の選択肢などなかった」

つらい結末だった。ムバタマにとっても同じだと思っていた。そして、ムバタマもアシナオウの無念を理解していると思い込んでいた。

「大貴族に並ぶべしと無理な背伸びを続けた家だ。未婚の娘が身籠っていたのは受け入れがたかったのだろう。酷い扱いを受けたようだ。その家までも失い、どこをどう彷徨ったか、最終的にムバタマはヤノオオス家を訪れた」

苦難の道だったろう。身重の体を引きずり、どこで子を産んだか、母子共に無事でオキノイシまで辿り着いたのは奇跡に等しい。

だが、ヤノオオス家が彼女を受け入れることはなかった。

「一人目の妻。あの女、ムバタマのみならず抱えていた赤子にまで手を上げ、水をかけて放り出し、ムバタマがかつて儂に贈った物品をばら撒きさんざんに罵った、と聞いておる」

その話を聞いた時、アシナオウは心の底から憎み、呪った。ムバタマを傷つけた妻を、ムバタマとの邂逅と離別を強いたヤノオオス家を、何よりもそれを諾々と受け入れた自分自身を。

あるいはそれが、マガツなる呪具を作るのに必要な神通力を供給する形になったのかもしれない。

「すぐにムバタマを追った。だが、儂はムバタマを見つけられなんだ。儂はムバタマのことを何も理解しておらず、そのくせそのことに気付きもせず、次の機会があることを疑いもしなかった」

そして、あの大地震が起きてしまった。

「大地が揺れた時、儂はムバタマの呪いをはっきりと感じた。そしてようやっと悟ったのだ。儂はムバタマを理解してなどいなかった。ムバタマは儂を信じてはくれなかった」

そして呪いが結ばれた。想い、憎み、恨み、すれ違い、捩れ、絡み合った歪な共同作業。

「だから呪いを解こうとしなかったのですね」

「……もはや儂とムバタマを繋ぐのは呪いだけだ」

だから呪いを克服するためではなく、呪いを絶やさぬために家族を作り続けた。

「子供たちに何の罪があったというのです？」

ヒサギの問いかけは、深い悲しみを湛えていた。

「儂の子に生まれたのが罪なのだ」

理不尽な話だ。アシナオウは虚しく自嘲する。

「マガツの存在は知らなかったのですね？」

「……湖に沈んだものと考えておった。マンジュシャゲからの報せがあるまではな」

「ムバタマの子が生きていることを知って、その子に家督を継がせたくなったのですか？」

「あれが継ぐというのなら、ヤノオオス家にも残す価値があろう」

その障害となるのが、ヤノオオス家の呪いとクシナだった。

「マガツは母の身分が低い庶子。身分高き母を持つクシナには対抗できぬ。次の当主はクシナになる可能性が高かった」

「だからクシナが死ぬ頃を見計らって私に情報を与え、呪いの絡繰りとマガツの出生を摑ませた？」

「左様」

クシナの死後、可能な限り早く呪いを解かねばならない。さらにマガツの身元を天司ヤサカの名の下に明らかにし、彼女をマガツの後ろ盾に据える。そのうえで神の子としてヤノオオス領の災厄を打ち払えば、地位は不動のものとなるだろう。

「まさか神殺しがこうも派手なことになろうとは思わなんだがな」

ヒサギの目が泳ぐ。アシナオウは鼻で嗤った。

突然、周囲が騒がしくなった。タケビトが警戒を強める。アシナオウは進路を見上げた。

「化け物だ！」

頂の湖から湧き出した化け物たちが、参道を登る兵士たちを襲っていた。

堅牢な体皮を持つ巨大源五郎に向けて振り下ろされた刀は無残に砕け、おぞましい鎌を持った太鼓打に捕まった者は口吻《こうふん》に貫かれて体液を吸い取られ、羽衣を纏って美しく舞う緋鮒の乙女に目を奪われた者は呆けたように座り込む。

「ヒサギ殿」

薙刀を構えて身を翻したヒサギの背中に、アシナオウは声をかけた。

「ススノホのことは任せるぞ」

ヒサギは戸惑ったように振り向いた。何か言いたげに唇を動かし、結局何も言わず、化け物どもの迎撃へ走る。

「楽しくなってきたのう、タケビトよ」

「同意しかねます」

タケビトは平坦な声で答えて、矢を放った。

「かような危険な地に、公自ら赴く必要はございますまい」

「何を言う。儂が行かずしてどうすると言うのか」

「お考え直しください」

真剣な声だった。アシナオウは自身に向けられた視線からするりと目を逸らし、刀の柄に手を伸ばす。抜き放ったのは何ら特別でない、ただの刀。ヤノオオス家伝来の宝刀アマノハバキリは無造作に腰に付けられたまま沈黙していた。

「タケビトよ、そなたは余計なことをせんでよい。ただ傍らで見届けよ」

空と同様に晴れ渡った笑顔で、アシナオウは告げた。

＊＊＊＊

頂の湖から際限なく溢れ出す怪異は、山崩れのごとく人里へと流れ落ち、里を守る天兵とぶつかって、やがては斬られて散り果てる。参道を駆け上がる人間どもの足音が山を揺らし、雄叫びが木々を震わせる。

鎌首をもたげてその様を眺めていた白蛇は、苛立たしさに耐えかねて尾を振った。ふと、己の眉間に立って同じ景色を見下ろす眷属に言葉をかける。

「そなたはこれでよいのか？」

「しろへび様、しろへび様！　無論にございます」

カワムラは高い声で応えた。

「カワムラだけではございませぬ。眷属一同、これでよいと思うております」

「……そなたらの忠義に感謝しよう」

「感謝などと！　我らはそのようにお役目を頂いた身にございますれば！」

呪いを代行するために生まれたものたち。眷属の多くはヤノオオス家の呪いの一部であった。ゆえに闘いに赴かねばならぬのである。

「そなたはマガツの世話係として召した。最期の時まであれの傍らにいてよいのだぞ？」

「カワムラの主はマガツ様にございます。されどしろへび様なくして、カワムラは眷属たりえませぬ。当たり前の蛇や蛙、あるいは人間の如き下等な存在になり果てること、マガツ様に知られとうはございませぬ」

カワムラの言葉に、白蛇は二股に割れた舌をちろちろと出し入れした。

「カワムラよ。我が子への忠義、感謝するぞ」

カワムラは白蛇の身体から跳び下りると、畏まって白蛇を見上げた。

「それではしろへび様、カワムラはこれにてお暇いたします」

「そなたの忠義は忘れぬ。一匹の蛙として、達者に暮らすがよい」

カワムラは二度三度と瞬きをすると、何かを振り切るように身を翻し、いずこかへと去っていった。

「願わくば、カワムラよ。山に、森に、田に、里に……。あの子の暮らす地に、そなたの子らが、末永く共に栄えんことを……」

穏やかな目でカワムラを見送って、白蛇は歌うように呟いた。

神眠る棺

神殺しの軍勢が駆け登るフシの御山の参道。この日の早朝、この参道を、ヤサカは一人で登っていた。

棺の不寝番を投げ出し、葬儀に遅刻することすら厭わずに訪れた頂の湖は、しろへびの怒りで渦を巻いていた。マガツが蛇体に憑かれた一報がしろへびに届いた直後であった。

「何だそなたは？」

ヤサカの姿を認めるなり、神々しい女性は威圧的に問うた。その肩に、蛙が一匹、跳び乗った。

「しろへび様、こやつはマガツ様に偉そうな口を利く無礼な小娘にございます」

「ご紹介ありがとうございます、カワムラ様」

カワムラに言葉をかけつつ、ヤサカはしろへびの赤い目を見つめていた。一礼して、用向きを告げる。

「私は天帝の娘にして天ツ門の長を務める者。頂のしろへび様にお尋ねしたきことがあって参りました」

「わらわにはそなたに答えたいことなどない」

「あなたは永遠を望んだのですか？」

問いかけに、しろへびはぴたりと動きを止めた。ヤサカは彼女の表情を観察する。

実に蛇らしく表情の乏しい彼女であったが、そこに現れた動揺は見逃しようもなかった。

「あなたはヤノオオス家を呪う役を持って生まれた神であられる。したがって、ヤノオオス家が滅びれば自身もまた存在を消失するはずです。ところが、マガツの呪いへの耐性は並外れて強い。あなたが手元に置いて癒しの力を行使すれば、何の影響もなく天寿を全うすることも可能でしょう。これはすなわち、あなたの寿命が延びることにほかならない」

「それが、どうした？」

「あなたはマガツを育てました。ヤノオオス家を呪う神であるあなたがヤノオオス家の血を引く子を育てるなど、ありえぬことです。もしや手元で育てて強力な呪いへの耐性を持たせ、ヤノオオス家に送り込み、呪いを拾わせることで自身の存在を長く保とうと企んだのではありますまいな？」

頂のしろへびはしばしの間ヤサカを見つめ、不意に、高らかな笑い声を発した。

「なんという邪推。やはり人間は恐ろしい。だがたしかに、その方法であればわらわは愛しいマガツと共に、安らげる時を長く過ごすことができような」

ヤサカは平静を装いつつ、内心で焦った。藪をつついて蛇を出したか。

「全く、人間の邪悪さにはつくづく驚かされる。残念ながら、わらわはそうまでして永らえたいとは思わぬ。神は個にありながら全である。死して流れに戻ろうとも、こうして生きていることとさほど変わるわけでもない。役目を終えて消えるのは本望よ」

「ではなぜ、あなたはマガツを育てたのですか？」

ヤサカの問いが、しろへびから表情を奪った。

「……ムバタマは不幸に目を曇らせ、世の全てを憎んでおった。己の胎を痛めた子すらも例外ではなかった。だが、願いに応じて形を為したわらわが贄を食おうとした時、何を思ったか、あの女は赤子を庇った」

ヤサカは表情を制するのに苦労した。神を召喚しておいて贄を渡すことを拒むとは、術師の常識から全くかけ離れた行為であった。

「果たしてあの女はわらわに母性をも求めたのであろうか。わらわにはわからぬ。事実として言えることはただ一つ。わらわはマガツを愛しておる」

しろへびの愛情は、召喚者のムバタマに起因するのであろうか。あるいは……。

いずれにしろ答は示された。マガツへの呪いはしろへびの本意ではない。

「マガツの呪いを解きたいですか？」

ヤサカは厳しい声でしろへびに問うた。

「当然であろう」

答える声に迷いはない。

「では、死んでください」

ヤサカの突き付けた要求に、しろへびは全く動じない。

「かまわぬぞ。やってみよ、小娘」

「できるものならやっております」

ヤサカは鋭く手を払った。生じた風がしろへびの髪をそよがせ、背後に伸びた枝を斬り飛ばした。しろへびは髪の一筋さえ傷付かなかった。

「私の神通力はマガツに劣っています。マガツでなければあなたを斬ることはできませぬ」

「マガツはわらわを斬らぬ。あの子は優しいゆえ」

しろへびは愁いを湛えた目を細める。

「では斬られる努力をしてください」

ヤサカは冷やかに告げた。

「呪いの神の権能を存分に振るってマガツを追い詰めなさい。あなたを斬る以外の選択肢を全て奪うのです」

「貴様、小娘、何ということを申すか！」

しろへびの肩から抗議の声を上げる蛙を無視して、ヤサカはしろへびを見つめた。

「私はあなたが憎い」

静かに、ヤサカは思いを告げる。

「クシナを死に追いやり、マガツの命を脅かすあなたが、殺してやりたいほど憎いのです。ええ、そう。これが憎しみなのですね。全てのものを燃やし尽くしてやりたいほどに理不尽に怒りが沸き上がり、熱と吐き気に襲われ、その醜さが自身の心をも焼き尽くす。私は必ず、あなたを殺します」

ヤサカが浮かべた笑みは、きっと歪んでいただろう。

「あなたを斬らねば人々が殺される。明確な図式が目の前にあれば、マガツは泣き喚いてでもあなたを斬るでしょう。あの人はとても優しいので」

情感を込めてそう言うと、しろへびの双眸に怒りが差した。

「そなたがあの子の何を知っておると言うのか」

「あなたこそ、彼の何がわかるのです？　所詮あなたは神。彼の理解者にはなれませぬ」

しろへびは美しい顔を憤怒に染めて、ヤサカを睨んだ。神通力に欠けた者であれば即死しかねない眼光だった。

「そなたは肝心なことを見落としておる」

嚙み締めた歯の間から絞り出すように、しろへびは呟いた。

「わらわとあの子は生贄の儀式を介して複雑に絡まっておる。あの子の死はわらわの死じゃ。しかもあろうことか、そなたらはあの子にそれを知らせたのであろうが」

ジャワジャワと、おぞましい音が空気を粟立たせる。

「わらわが人間どもを苦しめたとして、マガツはどうするか？　わらわに刀を向けるであろうか？　否、そうする前に自刃するであろう」

「マガツの死はあなたの死。これは事実なのですね？」

「ああ、そのとおりだ。だがあの子を死なせてみよ。わらわは流れへと帰還しようとも、その怒りと怨念をもって全ての人間を殺し尽くしてみせようぞ」

「……私が止めます。この身に懸けて、決してマガツを死なせはしませぬ」

ヤサカは自身の指と指とを絡めて、静かに誓う。

「私はマガツを……愛しています」

どれだけの人を犠牲にしようとも、マガツの呪いを断ち切りたい。クシナの時にはできなかった決意。あの時のヤサカは失う恐怖を知らず、後悔を知らず、心に鈍かった。なりふりかまわず一つのものを守ることができなかった。

「左様か……」

しろへびは吐き捨てるように呟いて、憎しみを煮詰めたような視線でヤサカを射抜いた。

「では、わらわは実力をもってヤノオオス領を襲撃しよう。一切の加減はせぬ。マガツが刀を抜かぬならば、ヤノオオス領を死の大地としてあの子を連れ帰り、そなたの示した安息の時をあの子と共に貪ろう。そなたも死ぬかもしれぬぞよ？」

「結構です。マガツは必ず、あなたを弑《しい》する。忌むべき邪神として愛しい我が子に斬られ、惨めに果てなさい」

ヤサカは一つ息を吐き、己の胸に手を当てた。

「頂のしろへびよ。あなたは私の誕生と時を同じくして降りた神だと聞き及びます。この縁には、きっと意味があるのでしょう」

赤い目を赤い目で見据えて、ヤサカは、ヒサギは、高らかに名乗りを上げる。

「私はあなたに死をもたらすべく命を授かった。我が名はヒサギ！　頂のしろへびの棺なり！」

＊＊＊＊＊

凄惨な戦いを潜り抜け、神の眷属たちの血に塗れて到達した山頂は、奇妙なほどに澄み渡っていた。

霧が消え、湖に浮かぶ御殿が丸見えになっている。

湖の上に、しろへびが立っていた。兵たちはざわめき、知らず身を寄せ合った。

そんな人間たちを体温の宿らぬ血色の目で睥睨《へいげい》し、しろへびは口を開いた。

「愚かなる人間ども。わらわの聖域に土足で踏み入った罪、万死に値するぞ！」

声に伴った音圧が、兵士たちを怯ませた。一歩前に出たのはアシナオウであった。

「そなたこそ覚悟を決められい。そなたの振るった理不尽の数々、神と言えど許されぬ！　儂は情け深いゆえ、そなたの死は一度でかまわぬ。眷属諸共に真なる力の流れとやらへと送り返してくれようぞ」

「……ようも抜かしたな、アシナオウ……」

しろへびは恐ろしい笑みを浮かべる。兵士たちが臨戦態勢に入った。盾を持った天兵が前列に出て壁を作り、神通力を持たぬ者は弓に矢をつがえ、あるいは槍を投げる姿勢を取った。

その者たちの中に紛れて、マガツはじっと、しろへびと目が合う時を待った。しろへびがどのような目でマガツを見るのか、知りたかった。

だがしろへびはマガツを見なかった。探そうともしなかった。アシナオウとのやり取りを終えると、そのまま湖へと身を沈めた。

凪いだ湖面と静かな御殿だけがその場に残った。

兵たちが困惑して視線を交わす中、御殿を中心に生まれた波紋が一筋、湖を渡った。

一筋、また一筋。

突如、御殿の土台となっていた白い岩が動いた。ずるずると、這いずるように形を変え、とぐろを解いて潜ってゆく。御殿はマガツに見せつけるようにゆっくりと崩れて、湖の底に沈んだ。波打つ湖は飛沫を散らして兵たちの衣服を濡らす。

湖面が膨れ上がった。

水を割って現れたのは、湖を一巻きしてしまいそうに巨大な白い蛇だった。額に埋もれた深紅の宝玉が怪しい輝きを放った。口先からちろちろと舌を出し入れし、鎌首をもたげる。水面に出した尾の先には、頂のしろへびと呼ばれた女性の姿があった。意識を向けた途端、女性の姿が揺らぎ、桑の実のような尾先に変じる。それは抜け殻。脱いでも脱げずに積み重なり、物悲しく不吉な音を高らかに奏でる。

「こ、これは……」

その蛇の巨大さに、タケビトが息を呑んだ。

「これほどか、ムバタマ……」

アシナオウは感嘆の声を上げた。

「怯むな、撃て！」

号令をかけたのはヒサギであった。即座に反応して放たれたタケビトの第一射は白蛇の額に吸い込まれ、鱗に阻まれてひしゃげた。白蛇は尾を持ち上げ、空気を叩く。激しい音が兵の耳を襲い、平衡感覚を狂わせる。

「うるさい」

ヒサギは吐き捨てるように言って、巫女鈴を掲げる。高らかに響いた鈴の音が、蛇の尾が奏でる騒音を打ち消した。白蛇は口から噴射音を出して、もたげた鎌首を引き絞る。矢のように突き出された頭が再び元の位置に戻った時、攻撃に晒された兵たちの陣には耕された地面と血だまりと、人の残骸だけが残っていた。

「ひいい！」

「おのれ！」

色を失った兵は真円を描く深紅の目に睨まれた瞬間に失神し、怒りに燃えた兵は尾の一振りで消え失せた。

「だ、駄目だ！」

「神よ……！」

絶望に呑まれる兵士の間を、マガツが駆け抜けた。湖に飛び出すと、一直線に湖面を蹴り進む。やや遅れて水飛沫がその軌跡をなぞった。

「こしゃくな！」

横合いから振るわれた白蛇の身体がマガツを襲う。マガツは白蛇の胴に飛び乗った。暴れる白蛇の上で身軽に跳ねては足場を変え、頭を目指す。着地と同時に足下を斬りつけると、神刀ムラクモは思いのほかに軽々と白蛇の鱗を切り裂いた。血が噴き出す。怯んだのは白蛇よりもむしろマガツだった。動きが鈍った瞬間に、白蛇の尾がマガツを打つ。マガツは湖面で幾度となく跳ねたあと、湖に沈んで見えなくなった。

「マガツ……！」

ヒサギは息を呑む。マガツが沈んだ湖からは、あぶくの一つも浮かんでこない。

兵たちの動揺は酷かった。士気は落ち込み、逃げ出す者も現れる。踏み止まっている者ももはや戦力になりえない。恐怖心に竦んだが最後、術は精彩を欠き、盾は物体としての存在に回帰する。術師による守りが消えれば兵は実に無防備で、白蛇が起こした水飛沫一つで落命する者まであった。

「前に出ます」

「お待ちを、ヤサカ様！　危険です」

「ヒサギと呼びなさい」

ヒサギは天兵の制止を振り切り、薙刀と弓矢を手に飛び出した。白蛇の額に輝く宝玉に狙いを定め、弓を引き絞る。弓矢は標的を射る道具だ。ゆえにヒサギが術をかけて放った矢は、必ず当たる。

そのはずだった。

当たっても効果がないことはありえても、外れるはずのない矢は、白蛇に届く前に急速に進路を変え、湖に落ちた。

「く！」

ヒサギは即座に弓を諦め、薙刀を手にした。真っ直ぐに泳いでくる白蛇を見据え、命を奪う武器の性質を最大限に引き出して、構える。白蛇は躊躇なくヒサギの間合いに頭を入れた。刃が蛇の首に向けて走り、砕け散る。

「そんな——」

とっさに、身に着けた鎧の力を高める。それでもすさまじい衝撃に襲われた。宙を舞い、地面に叩き付けられ、なおも止まらぬ勢いに翻弄される。引きちぎられた草花のむせかえるような匂いの中、ヒサギの意識は霧の中へと彷徨い入った。

「おお、ヒサギ殿がやられたか。ほれほれ、どうしたそなたら。闘わんのか？」

もはや白蛇に向き合う者もなく、一方的に殺戮される人間たちの悲鳴が響く中、アシナオウは涼しげな表情で兵たちを戦いへと駆り立てていた。

「おいおい、それでも我が国の神秘を司る者たちの尖兵かあ？　その様では困るのう。ああ、困った。これは困ったぞ」

「公、お下がりを！　危険です」

タケビトの言葉も虚しく、アシナオウはその場を動こうとしなかった。

白蛇とアシナオウの目が合った。額の宝玉に宿る光が、怪しく揺らめいた。白蛇はゆっくりとアシナオウに這い寄ると、触れそうな距離に鼻先を置いて、二股に分かれた舌でちろちろ、獲物の身体をくすぐった。

「公……！」

「タケビト、下がっておれ」

白蛇の丸く赤い目がアシナオウの姿をくっきりと映す。

「待たせたな、ムバタマ……」

アシナオウの声は熱に浮かされたような深みを帯びていた。自身の身体よりもはるかに巨大な蛇の頭部に、ゆっくりと、手を伸ばす。指先が鱗に触れた瞬間、蛇が動いた。目にも留まらぬ速度だった。アシナオウの右腕に深々と突き刺さった牙の先端から、血の雫が流れ落ちる。玩具のように振り回されるアシナオウの腰からアマノハバキリが落ち、白蛇の体に弾かれて、いずこかへと転がっていった。タケビトはとっさの判断で、蛇にとられた腕から主の体を切り離した。アシナオウは尻餅をつき、白蛇は素早く頭を引いた。

白蛇は頭を三角形に広げて鎌首をもたげ、舌を出して上下に振る。戸惑っているようでもあり、飛び掛かる力を溜め込んでいるようにも見えた。

「公、早くこの場を――」

腕の断面からはとめどなく血が流れていたが、今は退避が優先だ。だがタケビトが促しても、アシナオウは立ち上がろうとはしなかった。残った片腕でぞんざいに止血をし、据わった目をタケビトに向ける。

「タケビト、貴様……余計な真似を……！」

ジャワジャワと、奇怪な音が周囲を満たす。振り返れば、まさに白蛇が溜め込んだ攻撃性を弾けさせるところだった。無駄と知りつつも、タケビトは刀を構える。アシナオウは身動ぎもしなかった。

突然白蛇の体勢が大きく崩れた。白蛇の背にアマノハバキリが深々と刺さっていた。柄を握るのはヒサギだった。

「これ以上あなたの思いどおりにさせるものか！　生きて償え、アシナオウ！」

怒りに満ちた声で叫んで、ヒサギは輝く刃をさらに強く押し込んだ。白蛇の巨体がヒサギの華奢な体を挟み込む。絞り出すような悲鳴が上がった。アマノハバキリは白蛇の身体に突き刺さったまま、ヒサギの手を離れた。

「ヤサカ様！」

タケビトは飛び出して、刃を走らせる。渾身の一太刀は白蛇に傷一つ付けることができなかった。

「ちくしょう！」

タケビトの口から、滅多に出ない悪態が漏れた。常人の中では最強とさえ謳われた自分の、なんと弱いことであろう。

無力さに打ちひしがれるのはタケビトだけではない。その場の兵たちは皆、人の弱さを噛み締めて、とぐろを巻く白々とした巨体を畏怖と共に見上げるしかなかった。

水の底は冷たく暗く、静かだった。マガツは心地よい眠りに身を任せ、漂っていた。髪は解けて水草のように揺れ、簪が湖底へと沈んでゆく。ツマグシが挿した花が外れて、ゆっくりと湖面へ向かう。

「マガツ、マガツ……！」

懐かしい声がマガツを呼んだ。その声に応えるように、体に巻き付く蛇体がマガツを厳しく締めた。

「いつまで眠っておる。よいのか？　わらわは殺すぞ。容赦せぬ。人間どもを殺し尽くし、ヤノオオス領を滅ぼすぞ。アシナオウはもちろん、幼き妹も、瑞兆の姫も、皆が死ぬ。そなたそれでよいのか？」

よいはずがない。

「ならば選ぶがよい、我が愛しい呪いの子。そなたはわらわの結び目を切らねばならぬ」

マガツは重い瞼をゆっくりと開いた。遥か遠くから注ぐ光を背にして、優しい影が遠ざかってゆく。伸ばした手が掴んだのは、小さな花だった。幼いマガツがクシナに贈り、クシナの手から病に伏したツマグシに渡り、ツマグシがマガツへと還した花。マガツの手に触れて光を放つ。輪郭が揺らぎ、崩れて、マガツの中へと流れ込む。


湖の中心が光を放った。湖面が盛り上がり、弾ける。湖水が雨の如く降り注ぐ中、空となった湖の中心に、マガツは立っていた。

解けた髪が濡羽に輝いて風を纏い、手にしたムラクモは七色の光を放つ。

殺戮に身をやつし、血に塗れた白蛇の姿が目に入る。ヒサギを締め上げ、タケビトを蹴散らし、アシナオウをその牙にかけようとしていた。

湖底を強く蹴って一息に白蛇との距離を詰め、蛇体に刃を走らせる。拘束が緩んだ隙にヒサギを救出して離脱した。

「大丈夫か？」

ヒサギは小さく頷いた。踏み荒らされた花畑にヒサギを降ろすと、マガツはゆっくりと白蛇に歩み寄る。

弾けた水が引き戻されるように落ちて、再び湖の器を満たす。渦を巻く湖を横目に、白蛇とマガツは向き合った。白蛇の額を飾る宝玉が、落ち着きなく輝いた。とぐろ岩の先端に光っていた、白蛇の依代。

「終わりにしましょう、母上……」

マガツは刀を構えて宣言した。

「やってみるがよい、小童」

白蛇はついに全身を湖から出し、体全体を引き絞る。マガツはムラクモを構えて攻撃を待つ。両者の呼吸が引き合って、一本の糸のように張り詰めた。

ぷつり、と糸が切れる。

瞬間、白蛇は縮めていた全身を爆発的に伸ばし、凄まじい速度でマガツに迫る。野生をむき出しにした噛みつき攻撃。その勢いに合わせて、マガツはムラクモを突き出した。

高く澄んだ音がした。

割れた宝玉の破片が血のように飛び散った。白蛇の勢いは止まらず、マガツを巻き込んで山頂を這い進み、祠に突っ込んでようやく動きを止めた。

力を失った白蛇の頭の下から苦労して這い出して、マガツは咳き込んだ。喉から水の音がして、赤い液体が溢れ出た。今にも頽《くずお》れそうな腕を励まして体を返し、白蛇の姿を確認する。

白蛇は長々と横たわっていた。瞼を持たない赤い目は変わらぬ輝きを宿してマガツの姿を映していたが、全身から湧き上がっていた力はすでに感じられない。

マガツは息を吐いて力を抜いた。祠の残骸が背中に当たって、こそばゆかった。腰の辺りからしびれが徐々に広がって、感覚が薄れてゆく。

「マガツ！」

ヒサギの声がした。

「マガツ……そ、そんな！」

ヒサギはマガツの姿を見るなり口元を手で覆った。動揺に揺れる赤い目は、マガツの腹部を凝視していた。

「どこか、折れたかもしれぬ……」

マガツが下した自己診断に、ヒサギは首を左右に振った。目から涙が溢れ出す。

「だ、大丈夫。大丈夫です。すぐに、癒しますから……」

ヒサギの手がマガツの腹を押さえた。温かい感触に包まれて、眠くなる。

「マガツ、いけません。しっかりして！」

マガツを呼ぶヒサギの顔が、ぼやけてゆく。

「どうすれば……！　私には、この傷は……」

ヒサギの目から涙が零れた時、滲んだ視界に、白い頭がもう一つ映った。一瞬焦点を結んだ先にあったのは、頂のしろへびの姿だった。

「マガツ、ようやった……」

「母上……？」

乱れた髪を整える冷たい指の感触は、幼い頃そのままに優しかった。頬に触れ、首を滑り、腹に触れる。温かいものが流れ込んできた。

「わらわはヤノオオス家にかけられた呪い。そなたの気に病むことは何もない」

徐々に感覚が戻ってくる。痛みに歪むマガツの顔を、しろへびの手が両側から包んだ。

「よくぞ母の呪縛を断ち切った。我が自慢の息子。わらわはそなたを、心の底から愛しておる……」

しろへびの赤い目は、慈愛に満ちていた。

「母上……！」

離れてゆくしろへびに手を伸ばす。届く直前、しろへびは消えた。そこにあったのは白蛇の尾の先端、桑の実のように積み重なった、脱ぎ損ねの抜け殻だった。それはまるで赤子をあやすように揺れて、鈴のような音を鳴らし、力を失って地面に落ちた。

「私も、母上……頂のしろへび様、あなたを、心より慕っております……」

身を起こして白蛇の尾を抱くマガツの頬を、熱いものが伝った。

「ありがとうございました」

それ以上は言葉にならなかった。渦巻く激情の中、マガツは強く唇を噛んで顔を伏せ、肩を震わせた。

「白蛇は死んだぞ！　英雄ススノホが白蛇を討ち果たしたのだ！」

朗々とした声が響き渡った。残った片腕を空へと突き上げて、アシナオウは雄叫びを上げる。それに応じた歓喜の声が湖を揺らし、慟哭《どうこく》するマガツの上に降り注ぐ。

「ススノホ様！　我らが英雄！」

注がれる声援から守るように、ヒサギはマガツを抱きしめた。体を覆う温もりの中で、マガツは幼子のように、ただただ泣いた。

実りの時代

白蛇の屍は解けて消え、その存在を形作っていた力はヤノオオス領全域に広がって人々の傷と病を癒し、稲の生育を促した。人々は互いに叱咤激励し、支え合いながら復興の道を歩み始めた。

無から作り直す街は新しい建築技術をふんだんに取り入れた計画都市となる予定で、よりいっそう住みよい街として栄えるだろう。人々の心には街の完成図が期待と共に浮かび上がっており、日々を生きる糧となっている。

秋が近付くにつれ、人々の関心は豊穣祭へと向かった。

白蛇大災害の直後には、豊穣祭の中止が囁かれていた。

祀る神に祟られておきながら祭りを開催するものか、否か。その議論は、かつてない大豊作によって霧散した。

こうして豊作を祝い、明年の豊作を祈り、先の災害の被害者たちを悼み、神に感謝し、神に許しを請い、祟りなきように願う祭りの開催が決まったのである。

「訳のわからないお祭りだわ。マガツもそう思うでしょう?」

組み立てられる舞台を爪先立って見上げながら、ツマグシは高い声で疑問を口にした。

「これくらい混沌としておるほうが祭りは盛り上がるのではないかな」

マガツは苦笑しつつツマグシを宥める。

「皆が楽しめればそれでよい」

「それもそうね!」

ツマグシは歩きだしたマガツに小走りで追いついて、袖を握った。初めこそマガツが兄という立場になったことに戸惑っていたツマグシだが、今は自然に兄と妹の関係を築いていた。ただしお兄様という呼び方は定着しなかったので、結局マガツと呼んでいる。

「おう、マガツ様。ちょうどいいところに」

「どうした、ハホホネ」

とことん無関心なアシナオウに代わって祭りを取り仕切っているため、マガツは何かと忙しい。ハホホネとひとしきりの手順を確認するうちにも、色を失くしたウルシネが飛び込んできた。

「マガツ様、マガツ様! お助けを、手に負えませぬ!」

「どうしたのだ？」

話を聞く間にも、マガツを呼ぶ声は絶えなかった。

「マガツ様、マガツ様！」

「大変だ、マガツ様！」

「マガツ様、こちらに！　お助けください！」

道半ばで団子の虜となってしまったツマグシを置いて右へ左へと駆け回り、一通りの準備が終わる頃には、マガツは疲れ果てていた。完成した舞台の柱にもたれて汗を拭っていると、冷えた水が差し出された。

「ああ、ありがとう」

受け取ってから相手の顔を見て、マガツは目を丸くした。

「ヒサギ！」

大きな声で呼ばれた忌み名を聞いて、周りの者たちが振り返る。ヒサギは意にも介さずにこりと笑った。

「お久しぶりですね、マガツ」

白蛇大災害のあと、ヒサギは天ツ門に帰還していた。呪いが治まったヤノオオス領に彼女がいる理由はなかった。白蛇との戦いで天兵からの信頼を得た彼女は、今や名実ともに天司として腕を振るっている。

「来てくれたのだな」

「畏れ多くも天司たる私に、このような歴史の浅い祭りの神楽を舞えなどと、よくも依頼できたものです」

言って、ヒサギは薄絹の衣装をひらめかせてくるりと回り、悪戯っぽく口元を隠して、上目遣いでマガツを見た。

「どうです？」

「うむ、神々しいな。とても善い」

「……ふぅん」

ヒサギは不満げに鼻を鳴らして首を傾げた。

「私のお役目は、神楽だけですか？」

「うむ、祭りの最後に頼む。終わったら私は頂の祠に米を捧げに参るから、ヤノオオス家で待っていてくれ」

「私も一緒に参りましょう」

「え？」

「謝らねばならぬことがあります」

ヒサギは肩を竦めると、マガツが背にした柱の別側面に背を預けて立った。

「クシナの墓にも、参ってきました。お酒が供えてありましたよ」

「そうか。私たち以外にも、彼女を悼んでくれる人がおるのだな……」

マガツは微笑して、見知らぬ誰かに感謝する。

「木も順調に育っていますね」

クシナの灰を宿す幼い木。彼女を悼む人々の心を根に抱き、艶やかな緑を散りばめた枝を、もどかしいほどにゆっくりと空に伸ばしてゆく。

「あの木が櫁《ひさぎ》なのか？」

「ご自分でお調べなさいな」

「そなたから聞きたいのだがな」

「……あの子は私をヒサギとは呼びませんでした」

少し寂しそうに、ヒサギは言った。

「あの子には人に愛され惜しまれる、美しい花を咲かせる木が似合います。いずれ苗が育って、綺麗な花が咲くでしょう」

「それは、楽しみだな……」

花が咲くのは三年後か、五年後か、はたまた十年後か。枝が伸びるのを眺め、葉の開くのを喜び、蕾の膨らむのを待ち、故人の思い出と共に咲く花を愛でて……

「ところで、アシナオウはどうしていますか？」

「む？　元気にしておるのではないか？」

物思いの最中に不意に現れた不快な名に、マガツの機嫌は急降下する。

「腕を失くしてしまったのです。少しは労わってあげなさいな」

「それなりのことはしておる。だが労わる甲斐がないのだもの。先だっても、伝家の宝刀とやらを見つけてきてやったと言うに――」

ヤノオオス家の宝刀、アマノハバキリ。アシナオウはフシ山頂の戦いにこれを持ち出して紛失し、家臣たちを青ざめさせた。見かねたマガツが御山の参道付近の崖下に転がっているのを探しだしてやったのだが、アシナオウは不機嫌そうに鼻を鳴らしただけだった。

「癇に障る男だ」

マガツが愚痴を言うと、ヒサギは何故か切なげな顔をした。

「気持ちはわかりますが、多少は距離を縮めて――」

「この期に及んで色街に出入りしているのだ、あの男」

「やはり適切に距離を取るべきですね」

ヒサギの声が厳格な響きを帯びた。

「まさか、あなたも出入りしているのですか?」

「アシナオウには付いて行かぬぞ。マンジュシャゲ殿には時々会いに行っておるが――」

「何を、しに、行っているのです？」

「か、彼女のものの見方は何かと新鮮ゆえ、何くれとなく話をして……」

積もる話をするうちに、祭りが始まった。皆が大いに食って飲み、歌い踊って、心地よくなったところで、ヤサカの出番がやってきた。

笛と太鼓の音に合わせてくるくると回り、袖を揺らし、鈴を鳴らす。緋鮒の乙女たちの踊りにも似た、頂のしろへびを讃える舞い。それを見て、マガツは懐かしい記憶を渡る。

舞の最中に米俵が神棚に上がり、ススノホの祈りによって清められた。舞台から降りてきたヤサカが俵の上で鈴を鳴らし、祝福を捧げる。俵に結ばれた神紐に巫女鈴をくくって、ヤサカの舞は幕を下ろす。

清められ祝福された米俵はススノホの手で山頂の祠へと運ばれる。

しゃらり、しゃらり。

踏み出すごとに鳴る巫女鈴の音を聞きながら、マガツは暗い参道を登る。並んで歩くヒサギの操る火の玉が、二人の行く先を照らしている。

「……あなた、相変わらずマガツと呼ばれているのですね」

「ああ。本名はススノホとなったらしいが、どうにも定着せなんだ。しかしそなたもヤサカと呼ばれておるな」

「ええ、ヒサギが本名なのですけれど、定着しませんね」

白蛇の災厄で血に塗れた参道は、すっかり清められていた。山頂は相変わらず霧に覆われていて、湖の果ては見通せない。

再建された祠に米俵を下ろして、マガツは湖を透かし見た。懐かしい白い岩も、御殿も、今はもうどこにもない。それはわかっているというのに、視界を隠す霧に甘えて探してしまう。

何かを察したのか、ヤサカはひとしきりの礼を尽くすと参道を数段降りて、マガツを一人祠に残した。マガツはたっぷりと感傷に浸る。

ここで過ごした無邪気で優しい、温かい日々。何もかもが懐かしい。

この場所を出てから、多くのものを失い、多くのものを自ら壊した。御殿から外に出なければ、何も知らず、何も得ず、そして何も失わずにすんだのかもしれなかった。

無数の悲しみを巡り、苦しみを振り返って、それでも不思議とここを出たことに後悔はない。

マガツは無言で祠に頭を下げた。

ふと気配を感じて、マガツは顔を上げる。

祠の隙間から、小さな蛙が顔を出して、マガツをじっと見つめていた。

「カワムラ……？」

マガツが声をかけると、蛙はぷいと視線を逸らして祠から飛び降り、闇の中へと消えていった。

「……さようなら」

マガツはしばし名残惜しく闇を見つめて、ぽつりと呟いた。踵を返せば、闇を照らす炎の下で、ヒサギがマガツを待っている。

光に向けて、マガツはゆっくりと、歩き始めた。

白蛇の結び目　了

文芸社文庫

白蛇の結び目

二〇二三年六月十五日　初版第一刷発行

著　者　文月詩織
発行者　瓜谷綱延
発行所　株式会社　文芸社
〒一六〇－〇〇二二
東京都新宿区新宿一－一〇－一
電話　〇三－五三六九－三〇六〇（代表）
〇三－五三六九－二二九九（販売）
印刷所　図書印刷株式会社
装幀者　三村淳

ISBN978-4-286-24136-4